KB158362

그들에게 길을 묻다

그들에게 길을 묻다

류재홍 수필집

수필미학사

당신이 무모하게 책 한 권을 쓰게 되면, 그 일로 인하여
당신의 예금계좌, 건강진단서, 결혼생활 모습 등 당신의 일
부는 돌이킬 수 없이 대중의 몫이 된다.

줄리언 반스의 「플로베르의 앵무새」 중에서

망설였다. 어줍잖은 글로 책 홍수시대를 부채질하지 않을까.
발가벗겨진 내 모습을 흥보지는 않을까.

그래도 용기를 냈다. 나의 일상을 갈무리할 집 한 채 짓기로.
어벙한 목수를 안아준 '책쓰기포럼' 식구들이 있었기에 가능한
일이었다. 기초가 단단하지 못하여 내놓기 민망하다. 문학이 되
지 못한 글이라도 애정으로 봐 주십사 미리 부탁드린다.

정리하며 보니 내 안에 갇힌 글이 대부분이다. 사고의 틀이 좁
은 탓도 있거니와 치열하게 쓰지 못했음을 시인한다. 다음 집은

나 아닌 좀 더 먼 곳을 바라보며 짓는 게 꿈이다. 언제가 될지 요원하지만, 꿈이 있어 행복하다.

내 글의 근간이 된 돌아가신 부모님과 불편함을 감수하며 묵묵히 기다려 준 남편께 이 책을 바친다. 말없이 응원해 준 사랑하는 딸과 아들. 세은아, 명은아, 남규야 고맙다. 글쓰기에 힘을 보탠 '달구벌수필' 선생과 문우들. 십여 년을 함께 읽으며 고민한 '경대논술지도사반' 동기들. 글감을 제공한 식구와 친구들. 님들로 하여 내 글이 덜 어설프지 않았나 싶다. 고마움을 전한다.

집이 완성되기까지 애쓰신 수필미학사 여러분께 감사드린다.

2014년 새해에
류 재 홍

■ 차례

4부 / 봄바람

5부 / 어머니 따라 하기

1 부
모이라이가 준 선물

빈집 / 소반 / 미친 짓 / 잠수교
여름 병 / 변명 / 닮은꼴 / 모이라이가 준 선물

모난 성격 탓일까. 부딪치고 깨지며 살다 보니 가슴엔 늘 진물이 흘렀다. 그럴 때마다 나도 모르게 뭔가를 쓰고 있었다. 어떻게든 쓰고 나면 상처가 꾸덕꾸덕해졌다. 시나브로 평생교육원이나 문화센터를 기웃거렸다. 그러다 수필의 문턱을 밟았다. 수필은 일상에 바치는 송가라 했던가. 문학이 아니면 어떤가. 아픔을 치유하고 정체성을 찾을 수 있다면 그것으로 충분할 일. 잡초를 규정할 수 없듯이 문학도 바라보는 시선에 따라 다르지 않을까.

빈집

녹슨 철문을 민다. '삐거덕' 된 소리를 낼 뿐 꿈쩍도 않는다. 팔에 힘을 실어 힘껏 밀자 겨우 비켜선다.

마당에는 풀이 수북하다. 놀란 잡초들이 수런거리며 일어서는 바람에 안으로 들어가려던 내가 오히려 뒷걸음질이다. 자기들이 주인인 양 기세가 대단하다. 아무리 뽑아도 다시 태어나는 질긴 목숨일진대, 두 달여를 발걸음하지 않았으니 오죽할까.

툇마루는 더욱 가관이다. 먼지를 뽀얗게 뒤집어쓴 채 흙 부스러기를 잔뜩 안고 있다. 올려다보니 천장 한쪽이 허물어졌다. 흙덩이 몇은 금방이라도 떨어질 듯 아슬아슬하다. 민망하여 더는 볼 수가 없다. 모든 게 제멋대로다. 하기야 훈기도 없는 집에 무슨 낙으로 제 몫을 하려고 들겠나. 살 비비며 눈 맞춤해야 사랑이든 미움이든 생겨날 게 아닌가.

　이들에게도 청춘은 있었다. 칠 남매가 복닥거리며 살던 때가 절정이었으리라. 눈물과 웃음이 적당히 버무려진 방은 안온하고 따뜻했다. 넉넉한 품으로 무엇이든 받아들인 황톳빛 툇마루는 언제나 반들반들 윤이 났다. 많은 식구에 하루도 바람 잘 날 없었지만, 그 또한 사는 재미라 여기지 않았을까. 비바람 눈보라에도 *끄떡없던* 것이 세월의 무게는 어찌할 수 없나 보다.

　허망함을 떨쳐내듯 툇마루의 먼지를 쓸어내린다. 물걸레질까지 하고 나니 그제야 사람 살던 집 같다. 내친김에 대청 문도 열어젖힌다. 맵싸한 곰팡내가 코를 찌른다. 시렁 위의 한지 상자가 누렇게 뜬 얼굴로 멀거니 내려다보고 있다. 저 상자에 담긴 유과나 강정은 얼마나 맛있는 간식이던가. 말라비틀어진 모습에 콧날이 시큰거린다. 뒷문을 열자 서늘한 바람이 기다렸다는 듯 달려든다. 바람도 사람이 그리웠던가.

　빠끔히 열린 쪽문에서 뒤란이 어서 오라 한다. 오늘따라 장독대가 유난히 넓어 보인다. 그 많던 독은 어디로 가버렸는지. 오도 가도 못하는 큰독 하나만 우두커니 서 있다. 정월 대보름날 어머니가 정화수를 올려놓고 빌던 독이다. 군데군데 금은 갔지만, 아직도 위엄이 서려 있다. 그때 어머니는 무엇을 그리도 간절히 바라셨을까. 제대로 된 효도 한번 못해본 자식의 어리석은 의문이다.

　뒤란에는 장독대만 있었던 게 아니었다. 장독대 옆 감나무와 아래채 사이에는 긴 나일론 끈이 매여 있었다. 딸 부잣집답게 그곳에는 늘 비밀스러운 빨래가 펄럭이곤 했다. 어머니의 매서운 눈 때문에 마당으로 나가지 못한 그것들은, 때마다 푹푹 삶겨지는 바람에 다른 빨래보다 유난히 반짝거렸다.

　하지만 지금 빨랫줄은 어디에도 없다. 감나무가 있던 자리에는 매실나무 몇 그루만 있을 뿐이다. 사라진 것은 다 아름답다고 했던가. 매번 짜증을 부리며 감당했던 그 빨래들이, 어느 날 꿈속에서 얼마나 눈부시게 다가오던지. 그뿐만 아니다. 흔적만 남아있는 뒷간에 대한 기억은 달콤한 추억이 아닐 수 없다.

　풋사랑을 여읜 아픔에 며칠간 끙끙대며 누워 있었다.

　"니 참말로 죽을라 카나, 이게 뭐꼬?"

　새파랗게 질린 어머니가 부들부들 떨리는 손으로 종이 한 장을 내밀었다. 억지로 일어나 받아든 종이에는, 을사늑약 후 민영환이 자결하면서 쓴 유서를 개작한 글이 적혀 있었다. 어느 국사 시간에 공부는 안 하고 낙서를 했던 모양이었다.

　다 쓴 공책을 뒷간 휴지로 썼던 때였다. 볼일을 보시던 어머니는 그걸 읽다 허겁지겁 달려나오셨겠지. 내색하지 않았지만, 심상찮은 딸을 걱정하고 계셨음이 분명했다. 꽁꽁 얼었던 마음이 녹아내렸다. 나는 외톨이가 아니었다. 제 설움에 겨웠을까. 어머니의 치마폭에 얼굴을 묻으며 기어이 뜨거운 눈물을 쏟아내고 말았다.

세월도 나도 나이를 먹었다. 이제 정말로 유서를 써놓고 죽는다 해도 말려줄 어머니는 계시지 않는다. 마음도 몸 따라 헐거워지는지. 첫사랑이란 말만 들어도 터질 것 같던 가슴이 무덤덤해진 지 오래다.

그래서일까. 요즘 들어 이곳이 자주 그립다. 적막과 상처뿐인 빈집이지만, 무기력한 나를 일깨워주는 데 여기만 한 곳은 없을 듯하다. 곳곳에 스며있는 젊은 날의 흔적은 잊어버린 순수와 사랑을 불러들인다. 이곳은 나를 곧추세워 주는 원천임이 틀림없다. 비워져 있지만, 빈집이 아닌 집. 나를 생명으로 채우고 저 또한 추억으로 살아나는 공간이다.

내가 이 집을 떠났듯 내 아이들도 하나둘 자리를 옮기고 있다. 정작 빈집인 나는 무엇으로 내 아이를 붙잡아줄 수 있을는지 걱정이다.

〈2010. 05.〉

소반

　나는 아름드리 느티나무에서 왔다. 모태로부터 물려받은 강인한 의지와 묵직함을 자랑으로 여긴다. 더러 모질다는 소리도 듣는다. 산다는 일이 그리 만만한 일이던가. 내 안의 나보다 더 독해져야 할 때도 있느니. 이것이 4대째 쇠심줄처럼 살아남은 생의 비밀일지도 모르겠다.

　소반小盤이란 이름으로 태어나던 날이 까마득하다. 보리가 제법 파랗게 살이 올랐을 때였다. 한 부인이 맏아들 혼사 때 쓸 것이라며 공방에 들렀다. 그 공방은 근방에서 꽤 소문난 집이었다. 목공은 다른 것들보다 달포나 더 씨름한 끝에 나를 완성했다.
　"백 년 묵은 귀목 통판을 그대로 쓴 놈이니 요긴하게 쓰일 것이오."

그는 내가 아까운 듯 몇 번이나 쓰다듬다 건네주었다.

주인을 따라 집에 오던 날은 내 생애 최고의 날이었다. 앙증맞고 귀엽다, 진중하고 튼실하게 생겼다는 등 제각각 칭찬을 아끼지 않았다. 내 얼굴은 열두 모서리에 나뭇결이 그대로 살아있다. 옻칠한 것이라 쓰면 쓸수록 반들거리며 붉은빛을 띤다고 했다. 특별한 외모 탓이었을까. 나는 주로 사랑방 술상 구실을 했다. 덕분에 세상 돌아가는 이야기를 많이 주워들었다. 자연히 시류에 밝은 놈으로 통했다. 집안 분위기가 어수선하면 모두 나를 붙들고 한 가지라도 더 들으려 안달했다.

그즈음 사랑채에서 농주를 앞에 놓고 울분을 터뜨리는 일이 잦아졌다. 내 얼굴은 수시로 눈물범벅이 되었다. 사람들은 을사늑약이 맺어졌다고 했다. 몇 년 후에는 주인도 바뀌었다. 내가 태어나던 해에 시집온 사람으로 여장부였다. 일꾼 부리는 솜씨가 훌륭했다. 기업을 운영했더라면 큰 성공을 거두었으리라. 반면에 위아래는 철저히 따지셨다. 세월 따라 사는 모습도 변하기 마련이다. 근엄한 사랑채 어른도 큰 두레상이나 식탁에 둘러앉아 밥을 드시는 집이 늘어나고 있었다. 하지만 주인은 끝까지 독상獨床을 고집했다. 내가 오랫동안 대접받을 수 있었던 것은 다 그 어른 덕분이라 하겠다.

영원한 것은 어디에도 없을까. 바람막이였던 분이 돌아가

시자 나의 생도 내리막길로 접어들었다. 새 며느리가 가지고 온 자개 상이 부엌을 차지해 버린 것이다. 별수 없이 어두컴컴한 창고에 처박혔다. 일 년 내내 햇빛이라곤 구경도 할 수 없어 냉기와 곰팡내가 득시글거렸다. 그곳에서 나와 비슷한 처지의 가재도구를 만났다. 우리는 힘든 나날 속에서도 서로 사랑하며 위로하고 의지했다.

그러던 어느 날, 창고 문이 활짝 열렸다. 낯설고 억센 손아귀가 우리를 마당으로 내몰았다. 쏟아지는 햇빛에 눈이 부시었다. 잠시 비틀거리기까지 했다. 정신을 차리고 보니 다 꾸려진 이삿짐이 눈에 들어왔다. 영영 버려지게 될지도 모른다는 불안이 이삿짐보다 더 크게 가슴을 덮쳤다. 목숨은 하늘에 매인 것. 나는 아무렇게나 퍼질러 앉아 햇살에 몸을 맡겼다.

대문을 나서려던 젊은 주인이 발길을 돌렸다. 아쉬운 듯 집 안을 휘둘러보다 나를 빤히 들여다보았다. 미래에 대한 기대가 삶의 의지를 불러일으켰을까. 나는 힘껏 그녀와 눈 맞춤했다. 그녀는 나를 들어 올려 이리저리 살펴보고 두들겨보더니 이삿짐 귀퉁이에 쑥 밀어 넣었다. 하도 기뻐서 내 다리가 부러지는 줄도 몰랐다.

젊은 시절로 되돌아온 기분이었다. 덜렁거리던 다리를 고친 나는 더욱 말간 얼굴로 새집 부엌을 차지하고 앉았다. 나를 알아보고 반가워하는 사람을 만나면 세상이 온통 내 것인

양 의기양양했다. 안방의 다과상 역할이 전부였지만, 섭섭하지도 않았다. 진즉 불쏘시개감이 되었을 친구에게 비하면 얼마나 호사냐. 내가 주인 눈에 띈 것이 한낱 우연이었는지 내의지의 표상이었는지는 알 수 없지만, 신바람이 났다.

흐르는 세월을 누가 막으랴. 아무리 닦고 닦아도 깊게 팬 주름살은 감출 수 없었으니. 나도 모르게 뒷방 늙은이가 되어가고 있었다. 제삿날이었나. 모처럼 안방으로 들어갔다 나오다 생선 소쿠리를 이고 있는 자개 상을 만났다. 얼락배락하는게 세상살이라더니, 그토록 오만하던 기개는 어디다 두고 비린내를 풍기며 졸고 있는지. 칠이 벗겨지고 모서리가 떨어져 나간 모습은 나와 다를 게 없어 보였다. 누가 볼세라 얼른 내안의 옹이를 감싸 안았다.

골동품이라는 이름에 갇힌 나를 본다. 여태 뿌리로 돌아가지 못한 생이 무지근하다. 언제쯤 깃털처럼 가벼워질까. 날마다 새롭게 열리는 하늘 위 구름처럼, 아니면 바람이 되고 싶은데. 하지만 어쩌랴. 아직도 나를 찾는 이 있으니. 그것은 때로 외로움을 덜어주는 위안이자 삶의 의지처가 아니던가. 하여, 오늘도 살아있음에 머리를 조아린다.

빗소리가 요란한 걸 보니 소나기 한 줄금 뿌리는 모양이다. 자식들 대처로 나가버린 적막한 집. 백발의 노부부가 댓속처

.

럼 텅 빈 몸에 빗물 들세라 창문을 꼭꼭 여며 닫는다. 행여 내
몸도 허물어질세라 힘줄을 팽팽하게 곧추세운다.

나도 어느새 이 집 주인을 닮아가는가 보다.

〈2008. 12.〉

미친 짓

밤잠을 설쳤다. 집 떠난 불편함만은 아니었다. 밤새 기와집을 열두 번은 더 짓고 허물었다. 시작이 반이라지만, 이제 겨우 꼬리를 단 처지다. 기라성 같은 선배 문인들 틈에서 살아남으려면 더욱 치열하게 써야 하리라.

서둘러 딸네 집을 나선다. 맏시누이 회갑에 초대받은 터이다. 남편만 보내고 나는 며칠 머무르며 아이를 봐 줘도 되련만 굳이 함께 차에 오른다. 혹여 형님 회갑을 빌미로 못다 받은 축하라도 받고 싶은 것인지. 대구로 향하는 발걸음이 조금은 들떠 있다.

어제 오후였다. 한껏 치장하고 꽃다발까지 들었다. 남편과 작은딸, 어린 손자까지 대동했다. 이만한 기쁨을 맛볼 수 있는 날이 또 있을까. 저절로 콧노래가 흘러나왔다. 무시로 서

성거리던 글 밭에 본격적으로 몸을 담는 날이다. 이름을 달기까지는 턱도 없이 모자라지만, 얼마나 꿈꾸어 온 일인가. 어쩌면 내 인생에 한 획을 긋는 날이 될 수도 있으리니. 마음은 한껏 부푼 고무풍선이었다.

조용한 행사장에 시나브로 들려오는 종알거림. 뒤통수가 스멀거리고 앉은 자리가 바늘방석 같았다. 아이는 주위를 의식하지 않는다. 오로지 자기 하고 싶은 대로 할 뿐이다. 때 묻지 않은 천진함이 그렇게 난감하게 다가올 줄이야. 이런 날 아이를 데리고 오는 게 아니었다. 결국, 식이 채 끝나기도 전에 손자를 데리고 밖으로 나왔다.

제 이모 따라나서는 손자를 주저앉힐 수가 없었다. 큰딸도 은근히 데려가기를 바라는 눈치였다. 연년생을 키우느라 혼이 빠진 딸한테 엄마의 신인상이 무슨 대수겠는가. 오랜만에 온 친정 식구에게 하나라도 맡기고 싶은 마음이 더 절실했으리라. 글쟁이로 발돋움하려는 여인이 아닌 저를 걱정해주는 엄마만 보였을 거다.

시댁 식구들이 다 모였다. 뒤늦게 도착한 머쓱함을 꽃다발로 대신한다. 굴곡이야 왜 없었겠느냐만, 큰 탈 없이 보낸 지난날을 치하 드린다. 끝없이 이어지는 찬사와 격려에 형님 내외분은 그저 싱글벙글한다. 맏며느리 소임에 소홀함 없이 삼남매를 훌륭하게 키웠으니 얼마나 떳떳하겠는가. 행복해하는 형님을 뒤로하고 슬그머니 밖으로 나온다.

아직 소식을 듣지 못한 것일까. 아니다. 아침에 남편이 늦겠다는 말과 함께 전하지 않았던가. 그때는 괜한 소리 한다며 펄쩍 뛰어놓고 이 무슨 갈잖은 마음인가. 안으로 들어오니 남편이 서울 갔다 온 이야기에 한창이다. 시부모님만 관심을 보일뿐 모두 시큰둥한 표정이다. 오늘은 형님 회갑 날인데 참 눈치도 없다. 피식 새어나오는 웃음 사이로 어제 누군가가 한 말이 스치고 지나간다.

"살기도 어려운데 문학은 무슨 개뿔. 우리를 보고 미친 짓 하고 있다는 사람도 없지 않을 것입니다. 그렇거나 말거나 우리는 글을 쓸 수밖에 없으며 또 써야 합니다."

혹시 여기 모인 식구들도 그런 생각을 하는 건 아닐까. 갑자기 머리끝이 쭈뼛거린다. '글 좀 쓰는 게 뭐 그리 대단하냐. 우리 부모님이나 잘 모시고 집안이나 건사할 일이지. 미친 짓 그만해라.' 이명인 듯 환청인 듯 귀가 와글거린다. 그런 줄도 모르고 축하한다는 말 한마디 없음에 서운해 했으니. 은연중 내보였을지도 모르는 자랑에 얼굴이 달아오른다.

유명한 글쟁이가 되겠다는 생각은 없다. "나중에 크면 시인이 되어라"는 초등학교 담임 선생님의 말씀을 팽개친 지 오래다. 그저 체험하고 느낀 것들을 글로 옮길 수 있다는 걸 다행으로 여길 뿐이다. 사는 일이 팍팍하다 보니 어떤 위안이 필요했는지도 모른다. 문학은 콤플렉스 가운데 하나라지 않은가. 내게 글쓰기는 상처를 보듬고 치유하려는 방편에 불과하다.

글을 쓰고 있으면 내가 보인다. 생각하지 못했던 것들이 속속 얼굴을 내민다. 숨어있던 욕망의 덩어리도 튀어나오고 땟물이 가득한 마음 그릇도 모습을 드러낸다. 묘한 것은, 두 눈 꼭 감고 그것들을 들춰내고 나면 가슴이 확 트인다. 그러니 어쩌랴. 미친 짓이라 해도 쓸 수밖에는.

제 잘난 맛에 사는 세상이다. 누가 알겠는가. 미친 짓 때문에 내 삶이 덜 부끄러워질지.

〈2009. 03.〉

잠수교

강변에 섰다. 실바람이 얼굴을 간질인다. 어깨를 펴고 길게 숨을 들이마신다. 꽉 막힌 가슴이 비로소 활발한 피돌기를 한다. 눈앞에 잠수교가 보이고, 저 멀리 아양교 위의 차들이 가물거린다.

잠수교를 보자 어릴 적 한때가 떠오른다. 우리 집과 과수원은 금호강을 두고 마주 보고 있었다. 마루에 올라서면 과수원이 빤히 보였지만 그곳은 언제나 먼 섬이었다. 심부름이라도 갈라치면 조그만 다리를 건너야 했는데 오리쯤 걸어야만 하는 길이었다. 아니면 바지를 걷어 올리고 강물에 들어가야 했다. 언니들은 맨발로 강물을 건넜지만, 겁이 많은 나는 먼 거리임에도 잠수교를 이용했다. 나지막한 다리는 비가 조금만 많이 와도 숨기를 잘했다. 강 건너 아이들은 수업 도중에라도 책 보따리를 싸곤 했는데, 나는 그걸 얼마나 부러워했는지 모른다.

기억을 더듬으며 잠수교로 향한다. 다리는 꽤 야무져 보인다. 군데군데 패이고 해진 몸이 만만치 않은 역사를 말하고 있다. 아양교가 생기기 전에는 큰 대접을 받았음 직하다. 짧은 다리와 좁은 어깨로 강 이쪽저쪽을 아우르느라 하루도 쉴 날이 없었으리라. 그럼에도 세월을 비껴갈 수는 없었던 듯, 오가는 이 없이 햇빛만 무성하다. 다리라기보다 향수를 불러 일으키는 눈요깃감이 되어버린 지 오래다. 해바라기라도 할 요량으로 난간에 앉아 흘러가는 강물을 바라본다.

"사는 게 다 그런 거야. 누구나 자기 위주로 생각하기 나름이지. 나도 그래. 한때는 내가 없으면 하루라도 못산다고들 했지. 비라도 많이 올라치면 사람들은 내가 또 잠수해 버릴까 봐 전전긍긍했어. 그런 날은 일도 하지 않고 강가에 나와 나만 바라보았지. 그런데 말이야. 그게 진정 나를 위한 눈빛이 었는지 모르겠어. 수마가 덮칠 때마다 온갖 쓰레기가 내 몸을 할퀴고 물어뜯었지. 그때 두려움에 떨며 아픔을 견딘 건 누구도 아닌 자존심 때문이었어. 그 또한 내가 짊어져야 할 짐이라 여기며 버틴 거야. 물이 빠져나가면 젖은 몸을 말릴 새도 없이 헉헉거렸지. 그렇게 살아온 나를 보라고. 요즘 사람들,

크고 웅장한 다리만 알지 나 같은 건 있는지도 몰라. 서운하지 않으냐고? 글쎄, 다 하늘의 뜻이 아니겠나."

깜빡 졸았던 것일까. 귀를 간질이는 속살거림에 눈을 떠 둘러본다. 다리 끝머리에 큰언니 얼굴이 어른거리다 사라진다. 칠 남매 맏딸로 태어나 궂은일은 도맡다시피 한 언니. 우리 형제한테는 엄마 같은 존재다. 부모님께서 돌아가신 후 동생들에게 간장, 된장은 물론 김치까지 담가 준다. 그러면서도 무엇이든 더 해주지 못해 안달이다. 친정에 무슨 일이 있으면 제일 먼저 발 벗고 나선다.

그런 언니가 요즘 아프다고 한다. 무릎이 다 닳아 걸음도 제대로 걷지 못한다. 십수 년째 누워계시는 형부를 보살피느라 그러한 것 같다. 병원에서는 인공관절 수술을 권하는데 차일피일 미루고 있다. 형부가 요양병원에 들어가지 않겠다고 하시니 어쩔 수 없다고 한다. 하지만 안다. 몇백만 원이 드는 수술비 때문이란 걸. 자식들이 어련히 알아서 할까마는 부담 주기 싫어서일 게다. 우리도 언니 없으면 아무것도 안 된다 하면서도, 내 코가 석 자라며 눈감고만 있다.

며칠 전 일이다. 울적한 마음에 큰언니께 전화했다. 수화기를 들자마자 왜 그리 설움이 북받쳐 오르는지. 아무 말 없이 대성통곡하고 말았다. 십여 분을 울었을까. 속이 후련해지며 그제야 의아해하고 있을 언니가 생각났다. 어이없고 멋쩍어 이번에는 웃음이 나왔다. 울다 웃는 동생을 보고 무슨 일이냐 며 다그쳤다. 그날, 당장 뛰어오려는 언니를 달래느라 혼쭐이 났다.

결혼 후 앞만 보고 살았다. 맏며느리로, 아내로, 엄마로 나름대로 온 힘을 다했다. 늘 부족한 살림살이라 때로는 생활 전선에 나서기도 했다. 나이를 먹고 아이들도 하나둘 내 손을 떠나자 허기가 몰려왔다. 꿈도 희망도 없는 삶은 나날이 메말라갔다. 더 푸석푸석해지기 전에 물과 거름을 주어야만 했다. 글쓰기를 배우며 나를 찾아 나섰다. 그러자 남편이 제동을 걸었다. 살을 비비며 살아온 세월이 얼마인가. 모든 걸 알아주리라 생각했는데 섭섭했다. 돌보아야 할 시부모님도 마음에 걸렸다. 내가 아닌 남 때문에 날개가 꺾이는 것 같아 억울했다.

생각해보면 소리 내어 울 일도 아니었다. 밴댕이 소갈머리 탓에 제 설움을 못 이긴 탓이었다. 누구나 다 그렇게 저렇게 살아가는 것을. 글 쓰는 게 뭐 그리 대단한 일이라고 애면글면했는지 모를 일이었다. 나야 한바탕 털어내 버리면 그만이지만, 언니는 얼마나 놀랐을까.

새삼 잠수교를 돌아본다. 강이 흔들면 흔들리고, 삼키면 속울음만 운다. 비가 많이 올 때마다 고개를 숙이지만, 떠내려가지 않은 것에 고마워한다. 내 고통이 없었던들 지금의 영광이 어디 있느냐며 큰 다리한테 과시하지도 않는다. 새로운 다리에 눈이 팔린 사람들에게 투정부릴 줄도 모른다. 어쩌다 행인에게 상처 난 몸이나마 내어줄 수 있음에 미소 지을 따름이다.

강물을 들여다본다. 오만과 아집으로 똘똘 뭉쳐진 한 여자가 거기 있다. 한 치의 양보도 허용할 줄 모른다. 들끓는 욕망을 버리지 못하고 허우적거린다. 원형감옥에 자신을 가둬놓고 빠져나오려 하지 않는다. 그뿐인가. 수고로움을 몰라준다며 슬퍼하고, 진심이 통하지 않는다고 징징댄다. 나만 고달프고 괴롭다며 호들갑이다. 그 여자, 죽었다 깨어나도 잠수교처럼 살 수 없을 것 같은 예감에 몸을 떤다.

〈2012. 03.〉

여름 병

대형할인점의 지하매장. 이곳은 별천지다. 밖이야 푹푹 찌건 말건 가만히 앉아 있으면 한기가 든다. 제법 톡톡한 바지에 윗옷을 두 겹이나 껴입어도 추위를 느낄 정도. 사람들이 붐비는 낮에야 괜찮지만, 한산한 밤에는 감기 걸리기에 십상이다.

여기서 일한 지 한 달이 넘었다. 종일 서 있는 일이라 퇴근 무렵이면 다리가 퉁퉁 부어오른다. 힘들어서 더는 못 하겠다 하면서도 이튿날이면 어김없이 출근을 서두른다. 이 염천에 땀 흘리지 않고 일할 수 있는 게 어디냐며 다행으로 여기기도 한다. 이런 나를 보고 다 늦은 나이에 무슨 청승이냐는 친구도 있다. 욕심내지 말고 건강이나 챙기라는 뜻일 게다. 맞는 말이다. 지인이 마트에서 일해 보지 않겠느냐는 제안을 했을 때 나도 그렇게 생각했으니까. 하지만 한 번도 해 본 적 없는 일을 겁도 없이 그러겠노라 해 버렸다. 거기에는 막내의 등록금 걱정도 한몫했지만, 마침 봄이 끝날 무렵이었다.

여름은 내게 특별한 계절이다. 한 달에 한 번꼴인 집안 행사가 여름을 전후로 서너 달은 비어 있다. 며칠간은 해방감에서 그냥 논다. 그러다 어느 순간, 한 것 없이 보내버린 시간에 화들짝 놀라고 만다. 아무 걸림 없는 이때야말로 내가 하고 싶은 일을 할 기회가 아닌가. 사슬에서 풀려난 망아지처럼 여기저기 기웃거린다.

시작은 언제나 장밋빛이다. 설레는 마음으로 계획을 세우고 며칠간은 잠까지 설친다. 생각은 무엇이든 다 할 것 같은데 막상 하려고 들면 쉽지 않을 때가 잦다. 계획대로 밀고 나가기도 하지만, 꿈만 꾸다 주저앉아 버리기도 한다. 그럴 때면 괜히 초조해져 안절부절못한다. 일을 위해 태어난 것도 아닐 텐데, 어떤 일이든 하고 싶어 안달이다. 다른 사람들은 산으로 들로 피서를 떠나는 계절에 나 혼자 기대와 실망으로 몸살을 앓는다. 어느 해는 자격증에 목숨 걸며 한여름을 보냈고, 언젠가는 노인 병동에서 비지땀을 흘렸다.

몇 달 전에 둘째가 뜬금없이 사표를 냈다. 옛날부터 하고 싶었던 공부를 하려 한단다. 남들이 부러워하는 직장을 관두고 시집갈 나이에 갑자기 공부라니. 무슨 충격이라도 받았나 싶어 넌지시 물어보았다.

학교에 다닐 때는 한 사람의 본보기를 정해놓고 했다. 그 사람처럼 되려다 보니 공부가 재미있었다. 직장에서도 그러리라 했는데 아니었다. 의미 없이 시계추처럼 왔다갔다하는 생활에 싫증이 났다. 새로운 것에 도전하여 활력을 찾고 싶다.

대충 이런 이야기였다. 언제나 새로운 것을 꿈꾸는 것도 모전여전인가 싶어 할 말이 없었다.

가지 못한 길에 대한 호기심은 늘 미련으로 남게 마련이다. 그 길이 내 인생에 플러스가 될지 마이너스가 될지는 차후 문제다. '가다가 중지 곧 하면 아니 감만 못하다'는 속담을 '가다가 중지하면 간만큼 이익이라'며 덤벼든다. 그렇다고 그 일을 터전 삼아 뿌리를 내린 적도 없다. 내 몸 어느 곳에 유목민의 피가 흐르고 있는 건 아닌지 모르겠다.

벌써 갈등이 고개를 내민다. 힘에 부쳐 허우적거리다 보니 지난날의 내 모습은 온데간데없다. 괜히 허전하고 아쉽다. 얻는 게 있으면 잃는 것도 있게 마련인데. 두 마리 토끼를 다 잡겠다는 건 무슨 심보인지. 며칠이면 제사에다 추석도 코앞이다. 시어른들한테 직장 다닌다는 말씀을 드렸을 때, "힘들어서 괜찮겠나."가 아닌 "제사는 우짜노."가 먼저였다. 나 또한 그 점이 제일 걱정이다. 기일에 맞춰 휴일을 정할 수도 있지만, 그게 한두 번인가. 매번 동료한테 폐를 끼칠 수도 없는 일이니. 어느 쪽에 마음을 보탤까 결정해야 하리라.

 손님들이 뜸한 걸 보니 밤도 꽤 깊었나 보다. 긴 토시까지 하였건만 몸이 떨린다. 신선 식품관이라 그런가. 아니 어쩌면 환상이 떠난 마음자리 탓은 아닐까. 여름도 끝물이지 않은가.

〈2010. 여름〉

변명

혼자 무슨 청승으로 먹습니까. 이건 홀아비도 아니고 허구한 날, 원 참.

맞심더. 혼자 밥 먹는 거 참 처량 합니데이. 나도 요즘 억지로 먹는다 아입니꺼. 식구라 카면 한 밥상에 둘러앉아 밥 먹는 기 맞는데, 요즘 어디 그렇습디꺼. 모두 따로따로지예. 우야겠능교. 배고플 낀데 한술 뜨이소. 동생은 또 공부하러 갔능교?

아닙니다. 모임에 간 모양입니다. 금방 온다더니 아직이네요. 처형요, 여자가 이래도 되는 겁니까? 무슨 볼일이 그렇게 많은지 툭하면 밥상만 차려놓고 집을 비우네요. 아마 일주일에 두세 번은 되지 싶습니다. 내일 새벽에는 또 문학 기행인가 뭔가 간다던데. 다 늙어 바람난 것도 아닐 테고, 왜 그러는지 모르겠습니다.

　지도 쌓인 게 많아서 그럴 깁니더. 말이야 바른 말이지만 여태까지 어디 한눈 팔았습니꺼. 충층시하 시집살이에 4대 봉제사까지 일도 많이 했다 아입니꺼. 큰살림에 아이 셋 키우고 공부시키느라 마음고생도 많았을 끼고요. 요즘도 어른들한테 이삼 일에 한 번 간다꼬 카던데. 그 나이에 어른 돌보랴, 살림 살랴 스트레스가 왜 없겠능교. 그렇다고 엉뚱한 일 하는 거 아이니 좀 봐 주이소. 요즘 희한한 여자들 얼마나 많습니꺼. 동생이 공부하는 거 좋아하고 친구 좋아해서 그렇지 착실하다 아입니꺼.

　예, 자아성취도 좋고 친구도 만나야지요. 그런데 옆 사람 생각은 안 해도 된답니까? 자기만 스트레스받느냐고요. 종일 시달리다 파김치가 되어 왔는데 집안이 깜깜해 보소, 얼마나 서글픈지. 모임은 또 왜 그리 많습니까. 나보다 두 배는 더 될 걸요. 슬슬 정리할 때도 되었건만. 나는 하나둘 없애고 있는데 집사람은 그렇지 않으니 문제지요.

　그건 권 서방이 모르는 소리니더. 여자는 나이 먹을수록 친구가 더 는다 카데요. 젊을 때야 아 키우고 살림 사느라 친구가 어디 있습니꺼. 자식들한테서 놓여나야 자신을 돌아본다 아입니꺼. 동생이 이 사람 저 사람 가리지 않다 보이 모임도 많을 낍니더. 그것도 큰 재산입니데이. 나처럼 늙어 보이소.

나가는 게 귀찮아서도 그만둘 낍니더.

　그래도 오늘 같은 날 집에 없으니 화나네요. 우리 막내 취업 결정되었거든요. 저도 동료와 한잔하다 소식 듣고 한달음에 달려왔어요. 그동안 애썼다고 어깨 좀 다독여 주려 했더니. 그놈 공부시킨다고 자기나 나나 얼마나 힘들었습니까. 지방에서 서울 사립대 보내는 거 쉽지 않습디다. 처형도 우리 형편 아시잖아요. 등록금 낼 때마다 허리가 휘청했지요. 언제 끝나나 손가락으로 헤아리기도 했답니다. 둘이서 축배라도 들고 싶었는데 이게 뭡니까.

　아, 그렁교. 축하합니더. 참 다행한 일이니더. 요새는 대학 졸업해도 취직하기 어렵다 카던데 벌써 들어갔네예. 이제 한시름 놓았심더. 카고 보니 동생이 마이 잘못 했네예. 일찍 들어올 끼지 늦게까지 뭐 하고 있노. 내 단단히 뭐라 카겠심더. 마음 풀고 저녁 자시소. 자식 농사 잘 지어 놨으니 됐심더.

　아니, 아닙니다. 집사람한테 내가 전화했다는 말 하지 마이소. 남자가 그런 것 가지고 처형한테 전화한다고 풀쩍 뛸 겁니다. 기쁜 마음으로 달려왔는데 반겨줄 사람 없으니 김이 팍 새서 그냥 해 본 소립니다. 잊어버리소. 아까 술 조금 먹어서 그런지 배도 안 고프네요. 집사람은 곧 들어올 겁니다. 그러고 보니 처형한테 인사도 제대로 못 했네요. 수술한 자리는 좀 어떻습니까?

예, 마이 좋아졌심더. 아직 통증이 있기는 한데 시간 지나면 괜찮다 카네요. 다리 구실 할려문 한 삼 년은 지나야 한다카이 우야겠능교 기다리야제. 얼른 나아야 요양원에 기시는 양반도 모셔올 낀데. 지엽네요. 동생한테는 알아듣게 말할 테니 걱정 마이소.

예, 알겠습니다. 편찮은 처형한테 괜한 소리 했네요. 죄송합니다. 편히 주무세요.

어제 언니한테 호되게 꾸중 들었다. 그저 잘못했다는 말만 되풀이할 수밖에 없었다. 나도 젊은 날 밤늦게 들어오는 남편을 숱하게 기다려봤다. 혼자 밥 먹기 싫어 굶은 적도 있고, 외로움에 떨며 울기도 했다. 그런 내가 마냥 편한 마음으로 집을 비울까. 내가 없는 사이에 혹여 급한 일이 생기는 건 아닐까 걱정도 되고, 남편이 기다릴 것 같아 가슴을 졸이기도 한다. 자기 말마따나 모임이 많은 건 인정한다. 하지만 나도 할 말은 있다. 모임의 친구 모두가 내게는 소중한 인연들이다. 그들을 하루아침에 무 자르듯 할 수는 없다. 사람을 얻기도 쉽지 않지만 버리기는 더더욱 어렵다지 않은가.

십여 년 전 영업사원으로 일한 적이 있었다. 외환위기의 여파는 우리 집도 예외가 아니어서 뿌리까지 흔들릴 지경이었다. 반찬값이라도 벌어야겠다는 심정으로 뛰어든 게 정수기

렌털 영업이었다. 처음 해본 일인데도 쉽게 팀장까지 올랐다. 물론 절박한 심정으로 부지런히 뛴 결과겠지만, 주변 사람들의 도움도 컸다. 일한 지 이 년쯤 되어 회사가 부도나고 고객 관리는 엉망이 되어버렸다. 크지는 않지만 대부분 심적 물적 피해를 입었다. 나만 믿고 우리 제품을 선택한 친구들한테 고개를 들 수 없었다. 그러나 아무도 원망하는 사람이 없었다. 그것이 또 나를 아프게 만들었지만, 참으로 고마웠다. 그리고 다짐했다. 그들이 나를 버리지 않는 한 나도 그들을 외면하지 않겠다고. 무엇이든 함께하여 마음의 빚을 갚고 싶었다.

사람은 누구나 자기 위주로 생각하기 마련이다. 특히 가까운 사람일수록 자신처럼 생각하고 행하기를 원한다. 거기에서 서운함이 생기고 원망도 싹트지 않을까. 어떻게 하면 남편이 섭섭하지 않게 내 뜻을 펼 수 있을까. 솔로몬의 지혜가 절실하다.

〈2012. 10.〉

닮은꼴

나는 느리다. 남들이 들으면 답답할 정도로 말을 천천히 한다. 아무리 애를 써도 혀가 빨리 돌아가지 않는다. 말을 잘한다거나 속사포같이 쏟아내는 사람은 늘 부러움의 대상일 수밖에 없다. 어떤 이들은 내 고향이 충청도냐고 묻기도 한다. 말하기가 뭣해 대충 그렇다고 얼버무려 버린다. 하기야 내 뿌리가 충남 서산 문중이니, 무턱대고 하는 거짓말은 아니다.

행동 또한 굼뜨다. 형제들이 다 재바르고 솜씨가 맵짠걸 보면 유전적인 요인은 아닌 듯싶다. 어쩌면 어릴 때 심하게 겪은 병 탓인지도 모르겠다. 어머니께 들은 바로는 네 살 무렵에 죽다 살았다고 했다. 염라대왕이 너무 급하게 온 놈을 돌려보내며 뭐든지 천천히 하라는 엄명이라도 내렸을까. 다시 살아나서 얻었음 직한 느림은 낙천적인 성격이 되어버렸다.

그 바람에 젊을 때는 남편과 자주 싸우기도 했다.

남편은 반대로 가랑잎에 불이다. 무슨 약속이든 자기가 먼저 가서 기다려야 직성이 풀리는 사람이다. 모임에 10분쯤 늦으면 아예 못 간다고 해 버릴 정도다. 그에게 소위 말하는 '코리안 타임'은 없다. 시간을 황금같이 여기는 건 좋은 일이다만, 어떨 땐 숨이 막힌다. 세상살이가 어디 자로 잰 듯이 되는 일이던가. 때로는 나사 풀린 듯 늘어질 때도 있고, 단 솥에 콩 볶듯 할 때도 있지 않은가 말이다.

첫 아이 돌 무렵이었던가. 친척 집 잔치에 가기 위해 남편과 시외버스 정류장에서 만나기로 했다. 시어른께 아이를 맡기고 부리나케 갔지만 10여 분 지나서 도착했다. 남편이 보이지 않아 내가 먼저 왔나 싶어 기다렸다. 시간은 흐르는데 그는 오지 않았다. 연락할 방법도 없어 애간장이 녹아들었다. 한참을 발만 동동 구르다 혼자 버스에 올랐다. 예식장 입구에서 서성이는 남편을 만났다. 반가움 반 미움 반으로 어떻게 된 것이냐며 다그쳐 물었다. 남편은 버럭 화를 내며 약속 시각에 늦은 사람이 누구냐며 야단을 쳤다.

"맙소사, 겨우 십 분 늦었구먼."

"이 사람아, 겨우 십 분이라니."

젊은 시절 그대로의 자신을 볼 수 없음은 행일까 불행일까. 살다 보니 남편은 둥그러졌고, 나는 조금 재발라졌다. 아직도 외출할 때면 남편이 기다리는 게 예사지만, 예전만큼은 아니다. 아이들은 오히려 내 성격이 급해졌다며 아우성이다. 하기야, 세월아 네월아 하는 걸 보면 속이 터질 때도 있다. 큰일은 미리미리 해 두는 버릇도 생겼다. 어찌 보면 당연한 일인데도, 내게는 진일보한 것임이 틀림없다.

딱 하나, 그 '미리'가 안되는 게 있다. 바로 글쓰기다. 느긋하게 여유를 가지고 쓰면 좋으련만. 언제나 발등에 불이 떨어져야 공책을 펼친다. 태생적으로 언어구사력도 부족한데다 시간에 쫓기니 만날 그 모양이다. 이왕지사 끼어들었으면 욕은 먹지 말아야 할 텐데 마음뿐이다. 오늘도 마감 시간에 쫓겨 머리를 싸매고 앉아 있는데 전화기가 울린다.

아들이다. 전화와 문자를 번갈아 넣어도 소식이 없어 궁금해하던 참이다. 아들도 나를 닮아 행동이 빠른 편은 못 된다. 특히 밥 먹는 게 남들보다 느리다. 유치원 다닐 때는 먹기 편한 김밥 싸느라 아침마다 애를 먹었다. 군에 갈 때도 마음고생을 적잖이 했다. 평소처럼 먹다가는 배곯을 게 뻔했다. 제 누나들은 빨리 먹기 훈련이라도 시켜서 보내야 하지 않느냐며 야단이었다. 사람은 누구나 환경에 적응하기 마련인 듯. 걱정과는 달리 아들은 군 복무를 너끈히 마치고 왔다.

"엄마, 전화했네요. 저, 방금 일어났어요. 어젯밤 밤샘하고 오전에 자격시험 하나 봤거든요. 공부 많이 못 해서 안 될 줄 알았는데 아슬아슬하게 붙었어요."

벼락치기 했는데도 합격했으니 딴에는 자랑스러운 투다.

"그래, 우리 아들 장하다. 그냥 전화해 봤다. 저녁 거르지
말고 챙겨 먹어라."

'하지만 아들아, 여차하면 후회하기에 십상이다. 십 분만
더, 아니 오 분만 더 있었으면 하며 아쉬워 말고 미리미리 하
려무나. 삶은 네가 생각하는 것만큼 그리 호락호락하지 않단
다.'

새어나오려는 끝말은 꿀꺽 삼켜버린다. 그것도 제가 감당
해야 할 몫이지 않겠는가.

〈2012. 03.〉

모이라이가 준 선물

차 한 잔 앞에 놓고 책을 펴든다. 읽다 지치면 쓰고 또 읽는다. 눈코 뜰 새 없이 바쁘지만, 오늘만큼은 읽고 쓰는데 투자하고 싶다. 누구는 등 떠밀지도 않은 일에 뭐 그리 애쓰느냐고 한다. 내가 생각해도 읽고 쓰는 일이 즐겁거나 행복하다고 할 수 없다. 오히려 불편하고 고통스러울 때가 더 많다. 한 시간만 책을 보아도 안경에 성에가 낀 듯 흐릿해지며 눈이 따끔거린다. 허리가 뒤틀려 컴퓨터 앞에 오래 앉아있을 수도 없다. 그럼에도 틈만 나면 책 속에 머리를 파묻거나 무언가를 쓴다.

초등학교 4학년 때 처음으로 일기를 썼다. 일주일마다 하는 일기장 검사에서 몇 번 칭찬을 들었다. 그러자 내 일기가 모범답안처럼 돌아다녔다. 담임 선생님은 나만 보면 시인이 되라는 주문을 하셨다. 그때부터 내 취미는 독서와 글쓰기가 되었고, 동아리 활동은 무조건 문예반이었다. 고교 졸업 때까지 몇 번의 상을 타기는 했지만, 두각을 나타내지 못한 걸 보면 겉멋만 들었던 게 아닌가 싶다.

몇십 년을 글쓰기와 담쌓고 살았다. 직장 다닐 때는 가지 못한 길에 대한 아쉬움으로 대학문을 두드렸는가 하면, 피아노와 꽃꽂이에도 눈독을 들였다. 무시로 튀어나오는 문학에의 갈망은 짐짓 모른 척해 버렸다. 그리고는 맏며느리 자리에 모든 걸 걸었다. 나를 철저하게 잊어야 하는 게 결혼인 줄 알았다. 내 이름은 어느 집 며느리, 모 씨의 아내, 누구 엄마로 불리었다. 책은 꿈속에서나 볼 일이었다. 층층시하 시집살이와 4대 봉제사는 문학소녀의 꿈을 깡그리 앗아가고도 남았다. 그래도 그때의 일기장 곳곳에 밤을 새운 흔적을 보면, 쓴다는 건 어쩌면 내보내지 못한 찌꺼기를 위한 또 다른 배설인지도 모르겠다.

언젠가 조그마한 백일장에서 장원으로 뽑혔다. 우쭐한 마음에 어느 시인한테 입상한 시를 보여주었다. 그는 이걸 시라고 들고 왔느냐는 듯 시큰둥한 표정이었다. 부끄럽고 서러워 며칠 동안 끙끙 앓았다. 그리고 깨달았다. 속에 든 것이 없는데 뱉어낼 게 무에 그리 많았을까를. 내가 언제 문학이란 걸

제대로 공부한 적이 있었던가. 다시는 시 같은 것 쓰지 않으리라 다짐하고 또 다짐했다.

문학이란 걸 까맣게 잊어갈 즈음, 어머니 일 년 탈상 제삿날이었다. 칠 남매가 늘어서 있는 가운데 아버지께서 제문을 읽으셨다. 일곱 자식 키우는 게 예삿일은 아니었을 텐데, 그때의 일을 어찌 그리 소상하게 기억하고 계셨는지. 어머니와 마주앉아 도란도란 이야기를 주고받듯 풀어놓으셨다. 말미에는 우리가 어머니께 하고 싶었던 말도 들어있었는지라, 뒤늦은 회한에 가슴을 쳤다. 아버지께서는 제문 쓰시느라 몇 날 몇 밤을 꼬박 밝히셨겠지만, 우리는 서로의 존재 가치를 확인하는 날이 되었다. 그날, 나는 밤이 새도록 알 수 없는 소름에 몸을 떨었다.

부모님은 가난한 농군이셨다. 첫새벽에 일어나면 밤 늦게까지 땅과 씨름했다. 가난에 찌든 때를 서책으로 밀어내려 하셨을까. 두 분은 틈만 나면 책을 읽고 쓰셨다. 장롱 밑바닥에 이야기책 필사본이 가득 들어있었는데, 모두 어머니가 쓰신 거라 했다. 동네의 제문은 아버지가, 사돈지는 어머니가 도맡은 걸 보면 읽고 쓰는 걸 무척 좋아하셨던 모양이었다.

얼마 전, 시어른과 함께 살기 위해 이사를 했다. 짐을 정리하다 신혼 초에 어머니가 보내주신 편지를 발견했다. 농번기에 결혼한 나는 석 달이 넘도록 첫 친정을 가지 못했다. 이제

나저제나 딸 오기만을 손꼽던 어머니가 기다리다 못해 딸과 사위한테 쓴 글이었다. 옛날 언문체 글씨라 다 읽어내지는 못했지만, 당시의 심정이 그대로 전해졌다. 편지를 읽으며 내가 그토록 열망하면서도 밀어내고자 했던 글쓰기가 내림일지도 모른다는 생각이 들었다. 부모님은 어쩌자고 이런 못난 자식한테 그런 걸 남기셨을까. 아니 어쩌면 부모님의 유전자 중에서 모이라이가 보내준 선물은 아닐까. 나는 또 한 번 전율을 느꼈다.

모난 성격 탓일까. 부딪치고 깨지며 살다 보니 가슴엔 늘 진물이 흘렀다. 그럴 때마다 나도 모르게 뭔가를 쓰고 있었다. 어떻게든 쓰고 나면 상처가 꾸덕꾸덕해졌다. 시나브로 평생교육원이나 문화센터를 기웃거렸다. 그러다 수필의 문턱을 밟았다. 수필은 일상에 바치는 송가라 했던가. 문학이 아니면 어떤가. 아픔을 치유하고 정체성을 찾을 수 있다면 그것으로 충분할 일. 잡초를 규정할 수 없듯이 문학도 바라보는 시선에 따라 다르지 않을까.

세월이 많이 흘렀다. 머리는 벌써 서리가 내렸고 주름살도 제법 늘었다. 내세울 자존심도 자긍심도 달아난 지 오래다. 농사꾼이었던 부모님께서 그리하였듯 나도 그냥 읽고 쓰기로 했다. 아무도 읽어주지 않는 신변잡기라 해도 근원에 가

닿으려는 몸짓만은 멈추지 않으리라.

오늘도 책 속에 풍덩 빠져볼 참이다.

〈2013. 07.〉

* **모이라이(Moirai)** : 그리스 신화에서 인간의 운명을 결정하는 세 여신들. 그리스어로 '할당된 몫'이라는 뜻을 지니고 있어 분배의 여신이라고도 한다.

2 부
그릇

간장 종지가 어찌 밥그릇의 애환을 상상이나 했겠는가. 밥그릇이라고 매양 밥만 담
길까. 급할 때는 국그릇도 되고, 때로는 허드레 음식이나 양념이 담기기도 한다. 많은
식구를 건사하려면 이름 따위에 신경 쓸 겨를이 없다. 행여 자신의 큰 몸으로 남이 다치
지 않을까 조심할 뿐이거늘. 나는 어쩌자고 밥그릇을 꿈꾸었는지 모를 일이다.

흔들림에 대하여

병실 침대 위에 앉아 하릴없이 창밖을 바라본다. 멀리 비켜 선 산봉우리에 구름이 걸렸다. 말간 낮달이 산을 향해 걸어 간다. 구름이 마중을 가는지 하늘로 올라간다. 머리 위에 드 러누운 하늘 한 귀퉁이로 나무가 보인다. 밑동은 어디로 갔는 지 몸만 떠 있다. 손바닥만 한 나뭇잎은 뭐가 그리 좋은지 저 혼자 춤춘다. 모든 게 생전 처음 보는 풍경인 듯 신기하다. 지 금 아니면 언제 또 이런 것에 취해보겠는가. 내 한쪽 발은 당 분간 땅을 딛고 서기 어려울 것이라지만, 이 시간만큼은 행복 하다.

두 주 전이다. 친구들과 삼척에 있는 대금 굴을 찾았다. 어 두컴컴한 굴 안은 습하고 미끄러웠다. 며칠 전부터 꿈자리가 뒤숭숭한 터라 살얼음을 밟듯 조심조심 걸었다. 기이한 종유석과 석순에 감탄하면서도 내 의식 한끝은 미끄러지지 않으려 용을 쓰고 있었다. 무사히 굴을 빠져나오자 긴장한 탓인지 힘이 빠졌다. 죽서루로 가다 큰 정자 밑에 자리를 폈다. 물 맑고 경치 좋은 곳에 앉아, 밥 먹고 막걸리까지 한잔 하니 구름 위를 걷는 듯했다.

뒷정리를 마치고 계곡으로 향했다. 그리 깊지 않은 곳이라 별생각 없이 아래로 내려갔다. 듬성듬성 놓인 돌을 밟으며 몇 발자국 옮겼을까. 발밑이 흔들 하더니 옆으로 고꾸라졌다. 꼼짝도 할 수 없었다. 발은 금방 통통 부어오르면서 심하게 아팠다. 친구들을 불러 겨우 차에 올랐다. 마음속의 두려움이 정말로 두려워하는 일을 불러일으킨 것일까. 아니면 위험한 곳은 지났다는 한순간의 방심이 문제였나. 반찬 냄새쯤이야 물수건으로 닦아도 되련만, 왜 굳이 계곡 물에 손을 씻겠다고 나섰는지 모를 일이었다. 이튿날 병원에 갔더니 복사뼈 골절이라 했다.

읽고 싶은 책이나 실컷 보리라. 들끓는 마음 다잡으며 책을 펴들었다. 하지만 활자는 내 눈 속에 들어올 마음이 없는지 제멋대로 놀아나고 있었다. 더구나 속까지 편치 않았다. 며칠 전부터 더부룩하고 메스껍더니 밥 먹기조차 어려웠다. 운동 부족으로 소화가 안 되는 줄 알았는데 갈수록 쓰라리고 아팠다. 할 수 없이 위내시경을 했다. 네 군데나 떼 내어 조직검사를 한 결과 심각한 만성위염으로 나왔다. 소염진통제가 위염을 건드리는 바람에 통증이 컸다고 했다. 자칫하다간 위암으로 갈 수 있으니 하루빨리 식이요법과 치료를 병행하라는 의사의 명이었다. 위장이 좋지는 않았지만, 이렇게까지 된 줄은 몰랐다. 엎친 데 덮친 꼴이었다. 이제 골절은 문제도 되지 않았다. 내가 무에 그리 잘못하였단 말인가. 대상 없는 원망이 절로 튀어나왔다.

병문안 온 동생한테 타령조로 얘기했다. 동생은 차라리 잘된 일이라 했다. 위암 수술을 받은 친구가 있는데, 쓰러질 때까지 까마득히 모르고 있었더란다. 나도 골절이 없었다면 위염을 몰랐을 게 아니냐며, 불행 중 다행이란다. 엎어진 김에 쉬어가라는 말이 그럴싸했다. 이런 일이 없었다면 나는 또 예전처럼 방만하게 살 게 틀림없을 테니까.

돌이켜보면 위장병을 키운 게 한둘이 아녔다. 무슨 일이 그렇게 많은지 만날 동동거렸다. 특별히 일거리가 많아서라기보다 내 마음이 바빴던 게다. 모임이다 뭐다 하며 허구한 날 외식을 했다. 그럴 때마다 과식으로 위장을 괴롭혔다. 쓸데없이 속은 또 얼마나 끓였는지. 입원할 때도 노부모님과 집안일이 더 신경 쓰였다. 내가 없어도 지금껏 잘 돌아가고 있는 걸 보면 괜한 걱정을 했던 것 같다.

눈앞의 나무에 시선이 머문다. 가장이만 보이는 몇 그루의 나무가 저마다 제각각이다. 미세한 바람에도 온몸을 흔드는 나무가 있고, 몸은 가만히 둔 채 잎만 얄랑거리는 나무도 있다. 또 그만한 바람은 아랑곳없이 꿈쩍 않는 나무도 눈에 띈다. 같은 환경 속에서 서로 다르게 반응하는 것이 인간과 다를 바 없어 보인다. 살아있는 모든 것의 삶이 거기서 거기가 아닌가 싶다.

요란한 몸짓의 나무에 왠지 신경이 쓰인다. 허우대는 멀쩡한데 조그만 바람에도 몸을 가누지 못한다. 속 빈 강정처럼 더펄이인가. 아니면 내 발을 다치게 한 계곡의 돌처럼 땅속 깊숙이 뿌리를 박지 못했나. 존재에 대한 확신이 없을수록 흔들림이 심한 건 자명하지 않은가. 이도 저도 아니면, 욕망을 제거하려는 힘과 그 욕망을 완성하려는 힘이 부딪혀 제 안에 이는 바람으로 흔들리는 것일까.

이런저런 생각으로 다시 보니, 우듬지에 중심을 잡지 못하고 흔들리는 내가 걸려있다.

〈2012. 08.〉

그들에게 길을 묻다

개와 고양이는 똑같은 집지킴이다. 개는 도둑을 잡고, 고양이는 쥐를 잡는다. 아니, 요즘은 둘 다 사람들에게 재롱과 기쁨을 주는 반려동물로 격상되었다. 어떤 사람은 그들을 먹이고, 씻기고, 데리고 노느라 하루가 바쁠 것이다. 가령 인간을 보는 그들의 생각은 어떨까. '베르나르 베르베르'는 이렇게 말한다.

개는, 인간이 자기를 먹여주니까 그를 신으로 생각한다. 고양이는, 인간이 자기를 먹여주니까 자기가 그의 신이라 생각한다.

말간 햇살에 눈이 부시다. 방금 지나간 소나기에 고춧대도 들깻잎도 하늘 향해 두 팔 벌리며 환하게 웃고 있다. 어느 시골식당 평상에서 친구를 기다리며 하릴없이 앉아 있다. 저만치에서 태어난 지 두어 달쯤 되는 강아지 한 마리가 인형을 데리고 논다. 자기 키만 한 헝겊 인형을 물어뜯고 핥고 이리저리 굴린다. 한참 동안 씨름하던 강아지. 심드렁한지 물고 있던 인형을 내팽개친다. 오만 짓을 다 해도 반응 없는 것에 맥이 풀린 모양이다. 할 일 없어진 강아지도 무료한 듯 쏟아지는 햇살을 바라본다.

그때 검은 고양이 한 마리가 어슬렁거리며 나타난다. 조그만 강아지와는 달리 어깨가 딱 벌어지고 큼지막하다. 꼭 새끼 호랑이 같다. 멀거니 앉아 있던 강아지가 쪼르르 달려간다. 어미한테 업히듯 고양이 등에 올라타더니 비비고 핥고 난리다. 강아지의 재롱에 몇 번 대거리 하던 고양이가 귀찮은 듯 떼어내려 한다. 그럴수록 강아지는 더욱 찰싹 달라붙고 고양이는 자꾸만 밀어낸다. 그래도 떨어지지 않자 강아지를 땅바닥에 메다꽂더니 꼼짝 못 하게 누르며 앉아버린다. 1초, 2초, 30초, 드디어 강아지가 몸을 비튼다. 고양이는 못 본 척 딴전만 피운다. 강아지는 캑캑거리며 벗어나려 필사적이다. 그제야 고양이는 슬그머니 힘을 뺀다. 강아지가 때를 놓칠세라 잽싸게 몸을 빼내어 달아난다.

강아지는 이제 고양이한테서 멀찌감치 떨어져 논다. 혼자 노는 건 언제나 심심하고 외롭다. 사람이나 짐승이나 같이 어울려 놀아야 신명이 난다. 좀 전에 혼난 걸 잊어버린 걸까. 아니면 혼나도 좋으니 같이 놀고 싶었을까. 강아지는 다시 고양이에게 다가가 애교를 부린다. 이쯤 되니 고양이도 할 수 없는지 한데 어울려 뒹군다. 그들 위로 한낮의 여름 해가 느릿느릿 지나간다.

두 여자가 있다. 둘 사이에 미묘한 냉기류가 흐른다. 오랜만에 만났으니 반가울 법도 하건만, 의례적인 인사 이외에는 입을 닫고 만다. 둘의 존재는 서로에게 생략되어 버린 듯, 각자의 일에 몰두할 뿐이다. 한때는 형님 아우 하며 누구보다 친하게 지냈다. 형제를 나눠 가졌다는 동류의식에 남편 흉보며 깔깔거리기도 했다. 그런데 왜 그럴까.

두 여자, 태어난 시대나 환경만큼이나 생각이 다르다. 대가족제도에서 여러 형제 틈에 자란 한 여자는 집안 건사를 최우선으로 생각한다. 핵가족 시대에 오누이만 살았던 또 다른 여자는 무엇보다 자기 가족이 먼저다. 무슨 일이든 느끼는 수위가 다르고, 거기에 따른 행동도 다르다. 둘의 견해 차이가 상대를 이상한 방향으로 몰고 갔는지도 모를 일이다. 살아 있는 모든 것은 상대적이지 않은가. 그가 나를 싫어하면 나도 그가 좋을 리 없다. 또 한 번 밉게 보이면 무엇이든 밀어내려는 성질이 있다. 둘 사이에 알게 모르게 불신이 쌓이지 않았을까.

돌아보면 둘 다 속수무책으로 앉아있었던 건 아니다. 언젠가는 마주앉아 몇 시간을 얘기한 적도 있다. 여러 말이 오가자 생각과는 달리 더 큰 오해가 생겨버렸다. 말의 불완전성은 듣는 이에 따라 해석을 달리한다. 둘의 말은 서로에게 이해되지 못한 채 비수로 변한 것이다. 그러니 서로 돌아보지 않는 게 최선이라 생각하는 것도 무리는 아니다. 하지만 무관심이야말로 그들에게 가장 큰 적이 아닐까. 바늘구멍만 한 틈도 메우지 않고 두면 둑을 무너뜨릴 수 있다. 불신을 먹고 자란 틈이 언제 돌이킬 수 없는 구멍으로 변할지 모를 일이다.

성격이 다른 두 개체가 만나면 뒤틀림은 있게 마련이다. 일종의 위기의식으로 혼돈이 오고, 서로 섞이지 않으려 소용돌이친다. 내가 본 개와 고양이도 처음부터 그렇게 사이가 좋지는 않았을 것이다. 그들도 수없이 으르렁거리며 쌈박질을 하지 않았을까. 두 여자가 비틀어지는 건 어쩌면 당연한지도 모를 일이다. 그렇더라도 길게 끌면 서로가 손해다. 완전히 희거나 검은 것은 없다지 않은가.˙ 흰색은 그 안에 검은색을 숨기고 있고, 검은색은 흰색을 포함하고 있다. 서로 잘났다고 우기지만 똑같이 보일 수밖에 없지 않을까.

어떻게 하면 화해의 손을 잡을까. 그들에게라도 물어봐야 할까.

〈2012. 06.〉

자장암에 나를 부려놓고

운무를 밀어내며 산길로 접어든다. 울창한 숲 사이로 언뜻 언뜻 보이는 회백색 하늘이 손만 뻗으면 잡힐 듯 다가온다. 관음보살의 원력에라도 기대어 보겠다는 간절함이 통했던 걸까. 소나기가 많이 가늘어졌다.

인간을 향한 혐오감에 견딜 수 없었다. 생각만 해도 구토가 올라왔다. 잊으려 용을 쓰면 쓸수록 마음은 자꾸만 비틀어지고 있었다. 몸도 바작바작 말라 들어갔다. 세월이 약이라지만, 나을 기미가 없어 보였다. 그대로 있다가는 죽을 것 같았다. 무조건 길을 나섰다. 가다 보니 나뭇가지의 흔들림이 심상찮았다. 길가의 잡동사니가 도로를 무단횡단하며 굴러다녔다. 하늘도 합세했다. 먹구름이 몰려오더니 천지를 시커멓게 덮어버렸다. 투득, 빗방울이 떨어진다 싶었는데 이내 폭

포수처럼 내리 퍼부었다. 순식간에 물바다가 되어버린 도로 위에서 잠시 멈칫거렸다. 이대로 발길을 돌려야 하나. 부처 님도 나를 받아들이고 싶지 않다는 걸까. 하지만 되돌아갈 수 없는 길이었다.

포항시 남구 대송면 산여리에 자리한 운제산 자장암. 영험 한 관음 기도 도량으로 이름이 나 있다. 신라 진평왕 때 자장 율사와 의상 조사가 수도하면서 오어사와 함께 창건한 절이 다. 자장율사가 길지 중의 길지로 점찍었다는 천자봉 낭떠러 지 위에 날렵하면서도 의연하게 앉아있다. 오어사 주차장에 서 가기도 하지만, 오늘은 영일만 온천 쪽에서 가는 길을 택 했다. 아름다운 가로수 길로 이름이 나 있는 이 길은, 깎아지 른 운제산의 정취에 흠뻑 빠질 수 있어 좋다. 운제산雲梯山은 산과 계곡이 너무 험준하여 구름을 타고 왕래하였다고 붙여 진 이름이다.

우산 위로 떨어지는 빗소리가 정적에 싸여 있던 암자를 깨 운다. 산문에 들어서니 놀란 나무가 부르르 몸을 떤다. 절 아 래 댓잎도 아는 체를 하며 사운댄다. 연잎 위를 또르르 굴러 내리는 빗방울이 정겹다. 대성전을 일별하고 대웅전으로 향 한다. 홀로 비 맞고 있는 석등이 처연하다. 누구를 위해 저렇 게 꼼짝 않고 서 있는 걸까. 대웅전 앞에서 걸음을 멈춘다.

灑濁魔雲 生瑞氣, 消除熱惱 獲淸凉
쇄 탁 마 운 생 서 기 , 소 제 열 뇌 획 청 량

대웅전 정면 주련 쇄수게 중 마지막 두 줄이다. '마의 구름 벗겨지고 상서 기운 일어나서, 끓는 번뇌 사라지고 청량함을 얻으소서.' 한 자 한 자 꼭꼭 씹어가며 몇 번이고 읽는다. 어쩌면 이 글귀 때문에 이곳을 찾았는지도 모른다. 어떻게 해서든 예전의 나로 돌아가고 싶다. 법당문을 열고 삼배를 올린다. 아무리 눌러도 자꾸만 솟아오르는 분노와 미움을 거두어 가시라 머리를 조아린다.

내 것으로 생각했던 것이 남의 손에 넘어갔다. 설마가 사람 잡는다더니, 믿었던 도끼에 발등 찍힌 꼴이었다. 양심에 호소해 보겠다는 실낱같은 희망마저 날아가 버리자 허탈감이 몰려왔다. 무슨 말이라도 할라치면 눈물부터 앞을 가로막았다. 누구도, 어떤 말도 위로가 되지 못했다. 애초에 내 것이 아니라 생각하고 놓아버리라지만, 그럴 수 없었다. 그걸 잃어버리면, 땀과 눈물로 범벅된 지난날의 내 생도 날아가 버릴 것만 같았다.

돈이 그토록 중한 것일까. 돈 없으면 아무것도 할 수 없는 세상이라지만, 인간이기를 포기하면서까지 지킬 가치가 있는 것일까. 돈 앞에서는 도덕과 윤리도 무용지물이었다. 원통

하고 분하여 아무것도 손에 잡히지 않았다. 더욱 혼란스러운 건 그 돈 때문에 정신을 놓다시피 한 나 자신이었다. 재물에 눈이 어두운 인간을 그렇게 미워하면서도 나 역시 눈이 뒤집혀 날뛰고 있으니. 아이러니도 그런 아이러니가 없었다.

관음전에 앉아 있어도 가슴은 여전히 납덩이다. 백팔 배를 올리려다 포기해버린다. 마음이 지옥인데 무슨 소용 있으랴. 반야심경을 왼다. '색즉시공 공즉시색' 아무리 외워도 부처님 말씀일 뿐, 마음이 움직이지 않는다. 눈물이 흐른다. 흐르는 대로 두려니 제 설움에 겨워 통곡이 된다. 눈물은 때로 상처를 어루만지는 묘약이기도 할까. 실컷 울고 나니 한결 가벼워진다.

대웅전을 나선다. 비가 그쳤나 보다. 말갛게 헹궈진 녹음이 푸들푸들 생기가 돈다. 절벽 아래로 눈을 돌리자 오어사 지붕이 납작 엎드려 있다. 오어지 푸른 물에는 운제산이 반쯤 몸을 담그고 목욕 중이다. 옛 고승이라도 내려오신 걸까. 산봉우리에 구름이 걸렸다. 눈을 감는다. 천오백 년 전으로 거슬러 올라간다.

원효와 혜공이 연못에서 낚시하고 있다. 장난기가 발동한 두 사람은 서로의 법력을 겨뤄보기로 한다. 스님이 살생하였으니 낚시해 먹은 물고기를 살려주자 한다. 두 사람이 반석 위에 앉아 대변을 본다. 물고기 한 마리가 거슬러 올라온다.

혜공이 원효에게 말한다. "너는 똥을 누고 나는 고기를 누었다."

삼국유사에 나오는 이야기다. 살아 올라오는 물고기를 두고 서로 내 물고기라 했다는 데서 오어지吾魚池가 되었다나. 오어사는 원래 항사사라 불리었는데 삼국유사의 이야기로 오어사가 되었다고 한다. 오욕에 얽매이지 않는 스님도 서로 자기의 법력이 높다고 자랑했나 보다.

요사채 앞 연꽃이 몸을 흔든다. 눈이 마주치자 활짝 웃는다. 바람결에 묻어오는 연향이 속살거린다. 한 발짝 비켜서서 생각하라고. 소유욕은 어쩔 수 없는 인간의 본성이 아니던가. 그들도 자신의 욕망을 거스르지 못해 저지른 일이었을 터. 속이야 쓰라리겠지만 참아보라 한다. 빈손으로 왔다 빈손으로 가는 생. 다 잊어라 한다.

자장암에 나를 묻는다.

〈2013. 08.〉

논어를 베끼다

아직도 쓰리고 따끔거린다. 약을 바르고 화상용 반창고를 붙여보지만, 나을 기미가 없어 보인다. 데인 자리는 살갗이 벗겨져 보기에도 흉물스럽다. 그러지 않아도 얼룩덜룩한 손목에 또 하나의 흉터가 보태질까 걱정이다

증조모님 기일이었다. 늦더위 탓인지 몸이 천근만근으로 늘어졌다. 미리 와서 청소라도 해놓을 걸. 제사 준비도 벅찬데 이것저것 치울 게 많으니 조바심이 났다. 예전처럼 어머님께 기댈 처지도 못 되었다. 작년에는 나물 다듬기라도 도와주셨지만, 이제 앉아계시는 것도 벅차 보였다. 동서는 수험생 뒷바라지로 바쁘다 했다. 어떻게든 내가 감당해야 할 일이니 최대한 서두를 수밖에 없었다.

어둠 살이 내려앉고 있었다. 저녁밥도 짓지 않았는데 제관들이 몰려들었다. 입안이 바작바작 타들어 갔지만, 물 한 모금 찾아 먹을 경황이 없었다. 제시간에 진설할 수 있을지가 걱정이었다. 안방에서의 웃음소리가 크면 클수록 나는 점점 더 섬이 되어갔다. 열심히 해봐야 무슨 소용일까 하는 회의도 들었다. '고3 엄마가 뭐 그리 대수라고, 누구는 안 겪어 봤나.' 동서를 향한 원망도 스멀거리며 올라왔다. 혼자 방방 뛰는 내 신세가 참으로 초라해 보였다.

"더운데 질부가 애먹는구나."

물 가지러 오신 시삼촌이 한마디 던지고 가신다. 순간 목이 탁 메였다. 누구 한 사람 수고한다는 말 한 마디 없음에 내심 섭섭해하고 있었던 것일까. 눈물이 왈칵 쏟아졌다. 그러다 아차, 나물 데치던 솥에 팔이 스쳤다. 잘 달구어진 솥은 칼보다 더 날카로운 것인지. 온몸을 관통하는 전율에 쓰러질 뻔했다. 팔은 순식간에 벌겋게 부어오르며 따끔거렸다. 얼른 수돗물을 틀었다.

차가운 물에 정신이 들었다. 내 소갈머리에 내가 밟히고만 꼴이 우스웠다. 지하에 계신 중조모님이 내리신 벌은 아닐까. 이렇게 속이 좁아서야 어디 쓰겠느냐는 호통소리도 들리는 듯했다. 우리 어머니들은 농사일에 길쌈까지 해가며 그 자리를 지키셨거늘. 문명의 이기를 한껏 누리면서도 무슨 큰일이라도 하는 양 생색을 내었으니.

누구나 나름의 등짐은 있게 마련이다. 유독 나만 일이 많은 건 아닐 것이다. 그럼에도 맏며느리이기 때문에 다른 사람보다 더 많은 일을 한다고 생각하며 살았다. 그뿐인가. 집안 행사 때마다 힘들다며 옆 사람을 들들 볶았다. 도와주지 않는다고 원망하고 내가 한 만큼 알아주지 않는다고 투덜거렸다. 내 마음도 다스리지 못하면서 다른 사람을 내 방식에 맞추려 했다. 세상에 맏며느리는 나 혼자뿐인 줄 착각하며 살았는지도 모를 일이었다. 된통 혼나고 보니, 손목의 상처보다 자신의 옹졸함에 얼굴이 더 화끈거렸다.

남한테 보이기가 민망하여 붕대를 감고 나갔더니 모두 의아해한다.

"얼마 전 제사 때 데었어. 이러다 내 손목은 온통 맏며느리 훈장으로 얼룩지는 것 아닌지 모르겠다"

나도 모르게 튀어나오는 말. 이 무슨 오만 덩어리인가. 며칠 전의 회한은 어디로 가버리고 입방정이라니. 따지고 보면 나의 덜렁대는 성격과 속 좁은 탓에 생긴 흉터가 아니던가. 나는 한참 멀었다. 논어에 나오는 말을 곱씹어 볼 일이다.

子曰 君子 求諸己오 小人 求諸人이니라.

공자께서 말씀하셨다. 군자는 모든 책임의 소재를
자신에서 구하나 소인은 남에게서 구한다.

《논어 위령공편 20》

　한순간에 3세를 거칠 수 있고, 3계를 오갈 수 있는 게 마음
이라 했다. 거리낌 없이 내달리려는 마음 붙잡기가 어디 쉬운
일인가. 공자의 문하생인 증자도 하루에 세 번 반성한다(一
日三省)고 하지 않았던가. 한 치 앞도 내다볼 줄 모르는 소인
이 어찌 군자를 꿈꾸리오. 때때로 논어를 베끼며 익히다 보면
오늘보다 나은 내일이 되려나. 낙숫물이 바위를 뚫듯, 죽기
전에 철이라도 좀 들었으면 좋겠다.

〈2009. 09.〉

그릇

시어머님이 옷 보따리를 들고 오셨다. 겨울을 우리 집에서 보낼 작정이시란다. 주택인 시댁은 여기보다 추운 편이다. 따뜻하게 해 놓고 사시라 해도 그러질 못하신다. 천정부지로 날뛰는 기름값이 아까워 거처하는 방에도 불을 잘 넣지 않으신다. 이삼 일에 한 번씩 들를 때마다 보일러를 다 열어놓아도 집은 늘 냉기가 돈다. 외손자 보느라 며칠 가지 못했더니 춥긴 추우셨나 보다.

아버님은 작은아들 집에 가시기로 했단다. 아이들까지 와 있는데 두 분이 오시면 복잡할 것 같아 그리하셨다고 한다. 그렇다고 따로 가실 생각을 하시다니. 내가 얼마나 칠칠치 못했으면 그리 결정하셨을까. 내일 당장 이리 모셔 와야겠다. 마음 다잡는데 이건 또 무슨 조화인가. 어딘가에서 차라리 잘 되었지 않으냐는 소리가 들린다. 둘째가 어른 모시면 안 되는 법이라도 있나. 비좁은 여기에 비하면 시동생 집은 대궐이지 않은가. 아버님도 어쩌면 그곳이 더 편하실지 모른다. 윙윙대는 소리에 잠이 다 달아나버렸다.

"넌 아무래도 부잣집 맏며느리는 못하겠다."
재바르지 못한 내게 어머니가 하시던 말이었다. 그럴 때마다 작은 어깨가 더욱 움츠러들었다. 언니들이나 동생은 무슨 일이든 빨리하고 잘했다. 집안일은 물론 농사일도 척척 해냈으며 성격도 활달했다. 나보다 두 살 어린 동생은 키가 크고 힘도 세어 꼭 언니 같았다. 무엇이든 겁 없이 달려들어 사고 칠 때도 있지만, 그 또한 내게는 부러움의 대상이었다. 나는 별명이 삐삐 장구일 만큼 약한 아이였다. 바람 많은 날에는 주머니 안에 돌이라도 넣어 다니라고 할 정도였다. 누구든 큰일 따위는 시키지 않았으며 나도 조용히 책만 파고들었다.
맞선을 보았다. 무엇에 홀려도 단단히 홀렸다. 맏이라는 말이 크게 거슬리지 않았다. 어릴 때 들은 말이 비수가 되었나. 아니면 동생보다 못 해 보이는 자신한테서 벗어나고자 최면이라도 걸었을까. 만난 지 두 달도 안 되어 결혼하였다. 그리고 얻은 이름이 층층시하 큰집 맏며느리였다. 어른들이 자상하여 다행이긴 했지만, 힘에 부친 자리였다.

둘째 아이 돌 무렵. 허리 디스크로 몇 달을 꼼짝도 못 하고 누워 지냈다. 어머니의 성화에 못 이겨 친정에서 요양했다. 어느 날 오빠가 다니러 왔다. 내 옷 보따리를 보자 기겁을 하고 놀랐다. 시집살이 잘못해서 쫓겨난 줄 알았단다. 몸도 약한 것이 너울가지마저 없었으니 그리 생각한 것도 무리는 아니었다.

어느 해는 머리가 흔들거려 아무 일도 할 수 없었다. 동네 병원을 수시로 들락거려도 낫지 않았다. 보다 못한 원장이 신경정신과에 가보라며 소견서를 써 주었다. 대학병원에서 신경정신과 과장과 마주 앉았다. 몇 가지 질문이 오간 뒤 하루를 어떻게 보내는지 말해 보라 했다. 몇 시간이 걸리든 상관없으니 하나도 빠뜨리지 말고 다 털어놓으라는 말에 신이 났던가. 주저리주저리 늘어놓았다. 눈물까지 흘려가며 한 시간 여를 말했을까. 왜 아픈지 어렴풋이 알 것 같았다. 그때 갓 결혼한 시누 내외가 우리와 함께 살고 있었다. 맏며느리, 아내, 엄마도 모자라 올케 노릇까지 완벽해야 한다는 강박관념이 머리를 들쑤셔놓은 게 틀림없었다. 내 그릇은 생각하지 않고 턱도 없이 슈퍼우먼을 꿈꾸었던 것이다.

큰 아이가 중학교 2학년이던 해 시댁에서 분가했다. 그때 아이들 공부 마치는 대로 다시 들어오겠노라 큰소리쳤다. 곧 막내가 대학을 졸업한다. 시댁에서 어른들과 함께 살아야 마땅한데도 차일피일 미루고 있다. 언젠가 우연히 만난 친정 쪽 일족이 이런 말을 했다.

"맏며느리 그릇이 아닌 줄 알았는데, 잘 사는 걸 보니 내가 잘못 안 모양일세."

"아뇨, 원래 간장 종지였는데 식구들 덕에 밥그릇으로 커 가는 중이지요."

자리가 사람을 만든다고 했다. 나도 언젠가는 맏며느리답다는 말을 들어야 하지 않겠느냐며 맞받아쳤다.

간장 종지가 어찌 밥그릇의 애환을 상상이나 했겠는가. 밥그릇이라고 매양 밥만 담길까. 급할 때는 국그릇도 되고, 때로는 허드레 음식이나 양념이 담기기도 한다. 많은 식구를 건사하려면 이름 따위에 신경 쓸 겨를이 없다. 행여 자신의 큰 몸으로 남이 다치지 않을까 조심할 뿐이거늘. 나는 어쩌자고 밥그릇을 꿈꾸었는지 모를 일이다.

하지만 어쩌겠나. 최면에 걸려들었거나 말거나 내가 선택한 길을. 외손자들 가고 나면 아버님을 이리로 모셔 와야겠다.

⟨2012. 12.⟩

두 얼굴

친구들과 밥상을 마주하고 앉았다. 밥은 뒷전이고 서로의 안부를 물으며 이야기에 한창이다. 여기저기 웃음이 만발하는 가운데 한 친구가 목소리를 높이며 울먹인다.

며느리 비위 맞추기가 왜 이리 어려우냐. 상전도 그런 상전 없다. 내가 뭘 잘못한 건지 한번 들어봐라. 손자 얻고 얼마 안되어 아들 집에 갔었다. 아기만 보고 오려다 근처에 일이 있어 한룻밤 자게 되었다. 이튿날, 드라이기가 필요해 아들 방에 들어갔지. 화장대 위에 아무리 살펴봐도 없는 거야. 마침 며느리는 손자 목욕시키느라 욕실에 있었어. 묻기가 뭣해 생각 없이 화장대 서랍을 열고 찾았지. 그런데 며느리가 알고는 왜 남의 방 서랍을 허락도 없이 여느냐며 난리가 난 기라. 울면서 나를 못된 시어미로 몰고 가는데 참말로 기가 막히데. 그날 볼일이고 뭐고 어떻게 집에 왔는지 모르겠더라. 우리 아들도 나를 나무라니 어째 분하지 않겠나.

그건 네가 백번 잘못했네. 요즘 어떤 세상인데. 내가 시어머님과 살면서 제일 힘들었던 게 뭔 줄 아니? 아무 때나 내 방에 들어와서 이것저것 뒤지는 거였어. 너, 설마 네 아들을 아직도 총각 때처럼 생각하는 건 아니겠지. 아들 장가보내고 나면 며느리 남편으로 보라는 말도 있잖아. 네 아들이 색시 편드는 건 당연한 것 아니니?

그래, 니 말대로 내가 잘못했다고 치자. 그렇다고 시어미한테 울면서 달려드는 건 뭐니. 겁이 나서 어디 아들 집에 가겠냐. 지들은 안 봐도 괜찮아. 손자가 어른거려 그렇지. 내가 아이 보고 싶다고 하면 휴대전화로 사진만 날려 보낸다. 추석에는 손자 때문에 한바탕 전쟁을 치렀지 뭐니. 제 할아버지를 보고 기겁하며 우는데 내가 민망해 죽겠더라. 자주 들락거렸으면 그런 일 없을 것 아닌가. 우리 영감 고거 안아보고 싶어 그리 안달인데 말이야.

그거 좀 안됐구나. 두불 자식 보는 재미가 얼마나 좋은데. 나는 요즘 하루가 어떻게 지나가는지도 모르며 산다. 우울증도 없어져 버렸다. 오죽하면 사위보고 같이 살자며 들어오라 했겠니. 우리 딸, 몇 달 후면 둘째 낳잖니. 만날 들락날락하느니 그게 편할 것 같았어. 실은 오늘 사위 짐 옮기는 날이다.

너도 참 못 말리는 인사다. 시어머니는 딴살림 내어 드리면서 사위랑 같이 산다고? 사위 밥 해주는 거 쉬운 일 아닐 텐데. 그리고 너희 시어머니 아시면 섭섭해하실 텐데.

너는 내 마음 모른다. 우리 어머님 대단하시잖아. 같이 살 때 당신이 뭐든지 다 해 버려서 나는 아무것도 아닌 존재였어. 그저 돈 버는 기계에 불과했다고. 내가 왜 딸과 함께 살려고 마음먹었겠나. 그때 하지 못한 엄마 노릇, 지금이라도 하고 싶어서야. 그게 잘못된 거니?

얘, 나는 뭐 어른 안 모셔봤나. 홀시아버지 십 년 넘게 모시면서 시동생들 다 키워 장가보내고 살림까지 내어주었다. 어떻게 생각할지 모르지만, 나는 시어머니가 계셨으면 싶더라. 살기 바빠 뒷전으로 밀쳐둔 아이들. 할머니 사랑이라도 있었으면 얼마나 좋을까 싶었어. 만약 내가 손자 볼 때까지 살아 있으면 있는 것 없는 것 다해 주어야지 했어. 아들이나 며느리가 내 마음을 몰라줘서 할 수 없지만 말이야.

너희 그거 다 헛일이다. 나도 외손자를 팔이 아프도록 안아주고 봐 줬는데, 요즘은 컸다고 잘 오지도 않더라. 친손자라고 다를 게 있겠나 싶다. 애면글면하지 말고, 그저 영감이나 바라보고 살아라. 내 자식이든 두불 자식이든 다 소용없는 기라.

옆의 친구가 쐐기를 박는다. 어쩌면 셋의 말이 다 맞을지도 모른다. 사람은 자기가 쥔 거울로만 세상을 보려고 하지 않는 가. 경험해보지 않으면 그 속을 모르는 법. 나도 징징대는 친구를 달래다 엉뚱한 생각을 했다. 인간은 과거의 결핍을 충족시키기 위해 무엇인가를 사랑한다는 말이 맞다면, 저 넘쳐나는 내리사랑이 욕망의 또 다른 이름은 아닐까 하고. 하지만 누가 알랴, 그 마음을.

밖을 나오니 찬바람이 휘몰아친다. 왜 이리 춥고 떨리나. 사람은 오직 사랑에 의해서 살아가는 것이라고 한 톨스토이의 말은 책에서나 볼 일인가. 누구나 자기 편한 대로 생각하며 살아가는 세상이다. 나 또한 부모님께는 잘하지 못하면서 미래의 내 며느리에게 기대를 거는 건 아닐까. 내 안의 두 얼굴이 부딪치지 않으려면 모서리를 깎아내든가 물로 변해야 하리. 얼른 집에 가서 따끈한 차 한 잔 마셔야겠다.

〈2012. 11.〉

내려놓고 싶다

가슴이 답답하네. 돌덩이 하나를 삼킨 기분이네. 아무리 내가 먼저 시작한 싸움이라도 이건 너무 하지 않은가. 나도 한때는 자네를 좋아했다네. 학창 시절 자취할 때는 대단한 존재로 여기기도 했지. 밥 태울까 염려되어 연탄아궁이에 쭈그리고 앉아 있을 필요도 없고, 김치만 있어도 괜찮았으니. 게으른 내게는 구세주나 마찬가지였다네. 오죽하면 부모님께서 보내주신 쌀과 바꿔먹지 못해 안달했겠는가.

그는 내게 선망의 대상이었다. 뛰어난 학력과 재력, 거기다 사람을 녹이게 하는 언변은 내가 죽었다 깨어나도 가지지 못할 것들이었다. 그곳에 들어간 지 한참 되었지만, 귀퉁이에서 있는 듯 없는 듯한 나와 차원이 달랐다. 그는 들어온 지 얼마

되지 않아 단숨에 지도자의 반열에 올랐다. 열정 또한 대단하여 오로지 일을 위해 태어난 사람처럼 몰입했다. 모두가 선망의 대상으로 바라본 건 당연한 일이었다.

 직장 초년병 때였지. 심한 복통으로 병원에 갔더니 십이지장궤양이라는 거야. 끼니를 제때 챙겨 먹지 못한데다가 라면을 즐겨 먹어서 그렇다더군. 몇 달 동안 죽으로 연명하려니 부아가 치밀었어. 나는 죽을 지경인데 원인을 제공한 자네는 멀쩡하니 말일세. 원래 제 구린 속보다 남의 허물이 더 잘 보이잖아. 둥글둥글하지 못한 성격에 병까지 얻었으니 오죽했겠는가. 그때부터 자네를 배척하기 시작했지. 식구는 물론 주위 사람들에게까지 엄포를 놓았어. 기름에 튀긴 것이라 콜레스테롤이 높다, 수프에 염분이 너무 많아 해롭다는 등 단점을 내세우며 자네를 멀리하라 했지. 때마침 삶의 질도 느리지만 건강하게 사는 방향으로 바뀌고 있었어. '이제 라면 인생도 끝난 거야.' 나는 쾌재를 불렀지.

 그저 멀리서 바라보기만 할 때가 좋았다. 그와 어깨를 맞대고 일하게 되면서 뒤틀릴 줄이야. 기대가 크면 실망도 크다고 했던가. 가까이서 본 그는 내가 좋아했던 사람이 아니었다. 자라온 환경이나 생활방식에 차이가 있다 해도 나와 영 딴판인 그가 낯설어 보였다. 오르막이 있으면 내리막도 있기 마련이다. 어떻게 만날 일등만 하는가. 터무니없는 거짓말로 실적을 과시하려는 그가 이상했다. 저러다 무너지면 어쩌나 싶어 내가 겁이 났다. 그의 눈부신 성공과 명예가 어쩌면 허상일지도 모른다는 생각이 나를 더욱 힘들게 했다.

그런데 몰락은커녕 더 승승장구하더군. 자네한테 사람들 입맛을 끌어들이는 비밀이 있는 줄 미처 몰랐네. 어느 날 눈을 찡긋거리며 주방으로 향하는 남편과 아들을 보았지. 살며시 따라가 보니 둘이서 라면을 끓여 먹는 거야. 꼭 금지된 장난을 즐기는 개구쟁이처럼 낄낄거리며 먹는 모양이 얼마나 재미나던지. 자네 때문에 부자지간의 정이 두터워질 수도 있다 싶어 다시 생각하기로 했지. 건강을 해치지 않는 선에서 허락하기로 마음먹었어. 사실 간단하게 한 끼를 해결하기에 자네만 한 게 또 어디 있겠나.

그는 인의 장벽으로 둘러싸인 두터운 성이었다. 어디를 가든 그의 말이라면 무조건 옳다고 생각하는 무리가 많았다. 나의 우려와 경계심에도 그의 자만은 하늘을 찔렀다. 자신의 욕망을 억압하지 않고 어찌 조화를 꿈꿀 수 있으랴. 함께 일한다는 명분과 우리라는 집단을 위해서 나를 죽일 수밖에 없었다. 이참에 그의 매력에 빨려 들어가 보리라, 나름대로 애써 보았다. 하지만 믿음이 두텁지 못하니 사랑과 배려도 싹트지 않았다. 시간이 갈수록 내 안에 잠자고 있던 반골 기질만 꿈틀대었다.

　오늘 아침은 거르다시피 했지. 어젯밤 외식에서 좀 과하게 먹었거든. 점심때가 지나니 출출하더라고. 마침 라면이 눈에 띄기에 옳다구나 하며 끓여 먹었지. 예상외로 맛있더구면. 사람들이 왜 자네를 좋아하는지 조금은 알겠더라고. 신 나게 먹었는데 한참 지나니 자꾸 보깨는 거야. 운동 부족인가 싶어 공원에 가서 몇 바퀴 돌고 왔지. 그런데 속이 메슥거리고 신물까지 올라오네. 자네, 지금은 위장을 벗어나야 할 시간인데, 아직도 똬리를 틀고 있었더란 말인가. 서슬 퍼런 칼날을 겨우 거두어들이기로 했는데, 이러면 안 되지. 삶은 어긋나기의 연속이라지만 자네 참 어지간하네.

　모름지기 인간관계는 상대적이다. 그의 일에 시나브로 제동을 걸었으니, 그 또한 나를 손톱 밑의 가시로 생각했을 터이다. 우린 자주 부딪칠 수밖에 없었고, 둘의 갈등은 깊어만 갔다. 언젠가는 내가 맡은 일을 그가 가로채 버렸다. 시치미를 떼는 그에게 따지려니 치사해 보이고 그냥 있자니 속이 부글거렸다. 그러다 오랜만에 그와 의견 일치를 보았다. 그 일은 내게 사활이 걸린 문제였다. 그도 이번만은 내 말대로 하기로 했다. 그런데 막상 닥치자 그는 나와의 약속을 어겨버렸다. 육체의 고통이 아무리 힘들다 해도 부당하고 비합리적인 일을 당했다는 생각에서 오는 정신적 고통에는 비할 바 아니다. 나는 상명하복하고 그곳을 빠져나올 수밖에 없었다.

사는 것이 다 주고받는 것이라더니. 자네가 쳐놓은 그물망에 내가 꼼짝없이 걸려들고 말았네그려. 독을 품고 덤벼들면 무슨 일인들 못 하겠나. 자네 마음 충분히 이해하네. 차이를 인정하지 못한 내 잘못도 크네.

몇 날 며칠 동안 쓰린 속을 끌어안고 뒹굴었다. 그러다 번개처럼 스치는 생각에 정신이 번쩍 들었다. 우린 둘 다 생각이 달랐을 뿐이었다. 과정을 중시하는 나와 결과만 좇으려는 그. 각자 자기의 정체성을 찾으려 했을 뿐, 어느 누가 틀렸다고는 할 수 없지 않을까. 이제는 털어야 하리.
다 내려놓고 싶다.

〈2010. 02〉

위기의 여자

기침한 지 한 달이 다 되어간다. 모든 게 귀찮고 짜증만 는다. 지나다 언뜻 거울을 보니 마귀할멈 한 사람이 마주 보고 있다. 너무 놀라고 기가 막혀 헛웃음이 나온다.

처음엔 대수롭잖은 감기인 줄 알았다. 재채기와 콧물이 났지만, 집에 있는 약으로 뭉그적거렸다. 일주일이 지나도 매한가지라, 호미로 막을 걸 가래로 막겠다며 내과에 들렀다. 역류성 식도염이니 섭생에 주의하라 했다. 병원에서 주는 약을 하루도 빠짐없이 챙겨 먹었건만, 갈수록 태산이었다. 기침이 심해져 대화는 물론 밤잠도 제대로 잘 수가 없었다. 오진한 건가, 아니면 몹쓸 병에라도 걸린 걸까. 불면에 시달리며 별의별 생각을 다 했다. 기침으로 말미암은 고통보다 날로 커가는 불안이 더욱 참기 어려웠다. 할 수 없이 다시 병원 문을 두드렸다.

　원장은 눈이 떼꾼해진 나를 보고 호통부터 친다. 시킨 대로 했으면 벌써 나았을 텐데, 어쩌다 이 지경으로 왔느냐며 지청구가 늘어진다. 그동안 모임이며 잔치에 뻔질나게 돌아다녔으니 할 말이 없다. 미련한 식탐이 병을 키운 모양이다. 혹시 다른 병이 있을지 모르니 몇 가지 검사해 보자는 말에 순순히 따라야겠다.

　간호사가 팔에 주삿바늘을 꽂는다. 기관지 내시경을 위한 부분마취란다. 따끈한 침대가 자석처럼 내 몸을 끌어당긴다. 온몸이 녹지근하다. 잠이 쏟아진다. 알 수 없는 평온함에 영영 잠들었으면 싶다가도 아직은 아니라며 애써 눈꺼풀을 밀어 올린다. 다른 병은 없고, 역시 역류성 식도염이란다. 음식을 가려먹고 쓸데없는 일에 신경 쓰지 말라고 한다. 처방전과 함께 받은 종이에는 자극성 양념이나 육류, 커피 등 금기 음식이 수두룩하게 적혀 있다. 나는 이제 뭘 먹어야 하나.

　"당신 먹을 건 밥과 된장찌개밖에 없더라."

　벙글거리는 남편은 오히려 잘 되었다는 표정이 역력하다. 밥과 된장찌개라. 오랜 세월 함께한 음식이건만, 왜 이리 가슴이 서늘해질까.

　자나 깨나 머리에서 떠나지 않는 게 있었다. '오늘은 무슨 반찬으로 밥상을 채울까?' 그건 나의 위치를 알려주는 나침

반이자 떨쳐버릴 수 없는 숙제였다. 열 명이 넘는 식구들 먹거리에 모든 걸 걸었다. 직장도 그만두고 친구들과의 연락도 끊은 채 오로지 맏며느리 소임만을 생각했던 때였다. 어른들 생신상 차리기는 기본이고, 아이들이 즐겨 먹는 피자까지 집에서 만들었다. 내게 남은 유일한 낙이 밥상 차리기인 양, 허구한 날 장터를 누비고 다녀도 피곤한 줄 몰랐다.

세월은 사람을 겉모습뿐 아니라 삶의 방식까지 바꾸는 재주가 있었다. 하루에 두세 개씩 싸던 도시락에서 해방되고부터였다. 지칠 줄 모르던 밥상에 대한 애착이 시들해졌다. 때때로 먹을 사람 없는 밥상에 씨름하는 시간이 아깝다는 생각이 들곤 했다. 그때마다 '뭘 해먹을까'에서 '어떤 것을 사 먹을까'로 바뀌었다. 밥할 생각은 않고 식당 쪽으로 눈 돌리는 사람을 이해하지 못했는데, 나도 어느새 그들과 합류하고 있었다. 지금까지 자신의 소명이라 믿었던 것을 털어버린 데 대한 홀가분함은, 시간이 흐르면서 허전함으로 변해가고 있었다.

새로운 욕망이 나를 밖으로 내몰았다. 여기저기 몸담은 단체가 늘어나면서 살림은 뒷전으로 밀려났다. 새벽에 길 나서는 것은 예사고, 집을 비우는 날도 잦아졌다. 나를 찾는답시고 벌여놓은 일이 자신을 옭아매는 사슬이 될 줄이야. 아내와 엄마 자리도 망각한 채 날마다 동동거렸다. 식구들 눈총쯤이야 그래도 견딜만했다. 몸이 파김치가 될 때는 나도 모르게 회의懷疑가 치받쳐 올라 곤혹스럽기까지 했다.

위기를 알아차리는 건 마음보다 몸이 먼저일까. 어울리지 않는 성찬에 육신이 먼저 도리질한다. 애초에 밥과 된장찌개에서 벗어나고자 했던 게 잘못인가. 어쩌면 조그만 그릇은 생각하지 않고 과욕을 부린 대가일지 모른다. 내가 나 다울 때 가장 아름답다고 한다. 어느 것이 진정 나다운 것일까. 밥상 차리기를 천직으로 알았던 지난날의 나인가. 아니면, 잃어버린 자아를 찾겠다고 발버둥치고 있는 지금의 나인가. 한 번 맛 들인 입맛은 쉬 고쳐질 것 같지 않으니 그것이 문제다.

또 한 차례 기침이 가슴을 훑고 지나간다. 아름다움도 건강하고부터다. 오늘 저녁이라도 냉이를 듬뿍 넣은 된장찌개로 밥상을 차려야겠다. 실바람이 부는 걸 보니 봄도 멀지 않았으리.

〈2010. 03.〉

3부
꽃은 피고 지고

상처가 깊으면 깊을수록 더욱 단단한 주체가 된다고 했던가요. 달랑거리는 목숨 줄을 내려놓지 못하는 오기를 어쩌지요. 흙에서 왔다가 흙으로 돌아가는 생, 훌훌 벗어버리면 그만일 터인데. 다 말라버린 뿌리로 간신히 버티고 있는 꼴이 내가 봐도 우습네요. 자존심도 욕심도 다 버리면 깃털처럼 그렇게 가벼워질까요.

향불

아버지 어머니, 소자 문안 올립니다. 두 분 많이 드시고 가십시오. 하옵고, 오늘은 어머니한테 한 말씀 올릴까 합니다. 어머니, 내년 이월 기일에는 오지 마십시오. 축문에서도 고했다시피 이제부터는 아버지와 함께 모실 랍니다. 어머니부터 시작하여 다가오는 윗대 제사도 그리할까 하오니 서운하게 생각하지 마셔요. 생전에 그리도 원하셨던 아버지와의 겸상이 아닙니까. 오히려 잘하였다고 기뻐해 주시리라 믿겠습니다. 저도 많이 생각했습니다. 대대로 내려온 가풍을 지켜내고 싶은 마음은 굴뚝같지만, 제 욕심만 차릴 수 없지 않겠는지요. 조상님들께 송구함은 물론이려니와 유학儒學을 익혀온 저로서도 쉽지 않은 결정이었습니다. 또 이런 일은 제가 아니면 누가 나서겠습니까. 그래도 이만한 기력이 있을 때 실행해야

이설異設이 없을 듯싶어 서둘렀습니다. 예를 중시하는 공자께서도 말씀하셨지요. '큰 덕이 한계를 넘지 않는다면 사소한 예절은 융통성이 있어도 무방하다'고요. 예가 조화로운 삶을 살아가기 위한 형식이지만, 경우에 맞게 융통성을 가져야 한다는 뜻이라 여겨집니다. 시대가 변했으니 예도 그에 따라야 하지 않겠습니까. 모든 건 형식이요, 살아있는 자들의 허세일 진대 굳이 옛것만 고집해서 뭐하겠습니까. 일체유심조라고 하듯 다 그 마음속에 있는 것을요. 장손이 무슨 죄이겠습니까. 식구 많은 집 맏이로 태어나 4대 봉제사까지, 큰 애가 말은 안 해도 많이 힘들었을 겁니다. 지 자식 공부시키기도 어려운 세상에 허구한 날 제사에 매달리라 할 수도 없는 일. 너무 고달파 다 내려놓기 전에 조금이나마 가볍게 해 줘야겠다 싶었습니다. 제가 없더라도 조상님들께 밥이라도 떠 놓게 하려면 이 길밖에 더 있겠습니까. 저도 그곳으로 갈 날이 머지않았습니다. 어른들 뵈면 제일 먼저 오늘 일 사죄드리겠습니다. 누가 알겠습니까. 그분들도 큰일 했노라 칭찬해 주실지. 흙으로 돌아가면 그뿐인 것을. 이생의 인연은 이생에서 받은 사랑으로 충분하다 여겨집니다.

　할 말을 마치신 시아버님의 헛기침으로 합문의 예가 끝났다. 숭늉이 들어가고 마지막 예를 올리자 시숙부께서 지방과

축문을 불사른다. 기력이 쇠잔하여 제주祭主 자리도 마다하신 시아버님의 어깨가 가늘게 떨린다. 손수 '조상의 얼을 섬기자' 는 가훈을 만드신 어른이다. 평생을 지켜온 당신의 세계를 내려놓으매 어찌 담담하실 수 있겠는가. 그 고뇌와 갈등이 손에 잡힐 듯 선하다.

덜컥, 문 닫히는 소리에 모두 현관으로 눈을 돌린다.

환영이었을까. 방금 빠져나간 시할머니의 치맛자락.

잠시 일렁이는 향불. 일시에 방안을 가득 메운 따뜻한 향내는, 저승에서도 끊지 못하고 이어지는 자식 사랑일터.

밖은 섣달 한파가 맹위를 떨치고 있었다.

〈2010. 12.〉

나도 어쩌면

왜 이렇게 등이 시릴까. 파마가 다 되기를 기다리며 연신 뜨거운 차만 홀짝인다. 평소와 다름없는 단골 미장원에서 낯섦에 몸을 떨다니.

"도사님은 영 못 오시는가 보네."

누군가의 말에 새삼스레 주위를 둘러본다. 그러고 보니 그녀가 없다. 미장원을 꽉 채우는 특유의 웃음소리도 들리지 않는다. 전에 없이 썰렁하다 했다. 나도 어느새 그녀에게 푹 빠져있었던 것일까.

처음에는 무슨 악극단의 배우인가 싶었다. 주름살투성이의 얼굴이 무색할 정도로 짝 달라붙는 청바지와 진한 화장은 어릿광대를 떠올리기에 충분했다. 그녀는 매일 미장원에 오는 것 같았고 내가 갈 때마다 손님들과 이야기를 하고 있었다. 어떨 땐 먹을 걸 사 들고 오기도, 허드렛일을 거들기도 했다. 누구일까. 호기심이 없지 않았지만, 원장의 인척이겠거니 넘겨버렸다.

그날은 재수가 좋았다. 원장이 잠깐 자리를 비운 사이 그녀 홀로 미장원을 지키고 있었다. 우리는 자연히 이런저런 이야기를 주고받았다.

"인생사 모두 거기서 거기다. 죽으면 썩어질 몸, 아껴봐야 헛일이지."

그녀의 거침없는 입담에 혀를 내둘렀다. 무언지 모르게 뭉쳐있었던 내 가슴이 뻥 뚫리는 기분이었다. 잠깐의 대화에서도 나를 훤히 들여다본 듯, 삶의 지침서까지 내어 놓았다. 사람들이 왜 그녀에게 '도사'라고 하는지 알 것도 같았다.

질곡의 삶이었다. 젊은 나이에 남편을 여의고 혼자 힘으로 남매를 키웠단다. 팍팍한 삶에 자신을 돌아볼 겨를이 어디 있었겠는가. 자식 둘을 짝지어 보내고 한숨 돌리려는 찰나에 병이 들었다. 매일같이 두통에 시달렸고 이상한 말과 행동으로 주위를 놀라게 했다. 사람들은 그녀에게 신이 들었다며 몰려왔지만, 정작 자신은 믿을 수 없었단다. 자식들의 원성도 만만치 않았다. 갈등의 골이 깊어지자 그녀는 집을 뛰쳐나왔다. 미장원 근처의 친구 집에 얹혀살게 되면서 이곳을 내 집처럼 들락거렸다. 여기에서 손님이 원하면 신수도 봐 주고 바쁠 때는 일도 거든단다. 얼마 전에 같이 살던 친구마저 세상 떠나 버리자 찜질방에서 기거한다고 했다.

　벽에 걸린 풍경화처럼 늘 그 자리에 있던 그녀. 대체 어디로 갔단 말인가. 슬며시 원장에게 다가갔다.
　"설을 며칠 앞두고 며느리가 모시러 왔어요. 자식과 연을 끊다시피 하였지만, 보고 싶은 마음이야 왜 없었겠어요. 그래도 아들 며느리가 최고라며 눈물까지 글썽이데요. 기다렸다는 듯 며느리를 따라갔어요. 설 쇠고 오겠다며 나서는 발걸음이 펄펄 날더라고요. 명절 때마다 그 어른이 신경 쓰였는데, 나도 잘 됐다 싶었지요. 아웅다웅해도 피붙이가 제일 아니겠어요.
　금방 오겠다던 어른이 한 달이 다 되어도 감감무소식이었어요. 아들 집에 눌러앉았으면 다행이지만, 암만해도 그건 아닌 것 같고. 무슨 일이 생긴 건 아닌지 걱정되더군요. 참다못해 아들 집에 전화해 봤지요. 며느리가 받아서 하는 말이 치매가 심하여 노인요양병원에 입원시켰다고 그러네요. 자세히 들어보면 다 맞는 말이지만, 그 어른 이상한 말 하는 거 하루 이틀인가요. 며느리가 그걸 모르지는 않을 텐데. 칠순이 넘어도 얼마나 정정했어요. 그 새 요양병원에 갈 만큼 정신

놓았다는 건 말도 안 돼요. 강제로 입원시킨 게 아닐까 싶네요."

원장은 입에 거품을 물며 며느리를 성토한다. 자세한 내막은 알 수 없지만, 노모가 찜질방을 전전하는 걸 두고 볼 수 없었는지도 모를 일이다. 함께 살자니 걸리는 게 많고. 이래저래 요양병원이 제격이지 않았을까. 하는 품새가 보통사람과 다르니 치매라 해도 통하지 않았겠는가. 도덕은 편리의 다른 이름이라 했다. 우후죽순처럼 늘어나는 노인요양병원이 비단 고령화 시대 탓만일까. 공자는 부모님에 대한 사랑과 공경심이 없다면 아무리 잘 모신다 해도 효라 말하지 말라고 했다. 진정으로 원하는 게 무엇인지를 헤아려 불편함이 없도록 모셔야 한다는 말일 게다. 효가 인간 정신의 가장 근본이라고 한 것은 부모님 모시기가 그만큼 어렵다는 뜻이리라.

밖을 나오니 어스름이 내려앉고 있다. 어느 가게 진열장 앞, 거울에 비친 내 얼굴이 왜 그녀로 보일까. 사람은 누구나 늙게 마련이니 나 또한 자식들에게 성가신 존재가 될 수도 있을 터. 실소를 터뜨리며 다시 쳐다보니 세상에, 그녀는 어느덧 호호백발 시부모님으로 변해있다. 소스라쳐 놀라 물러서다 허방을 짚었나 보다. 다리가 휘청하더니 힘이 쭉 빠진다. 이틀에 한 번씩 시부모님한테 가는 걸로 내 할 일을 다 했다고 큰소리쳤는데. 착각한 모양이다. 나도 도사님의 며느리나 별반 다를 것 없다는 게 아닌가.

성급하게 내 걸린 가로등이 어지럽다. 희멀건 불빛이 환하게 제 몫을 할 때면 어둠은 이미 깊어 있으리. 방향감각 없는 내 앞을 퇴근길 걸음들이 바쁘게 지나간다. 문득 돌아보니 사방이 어느새 불빛 천지다.

〈2012. 03.〉

깃털처럼 가볍게

봄이 온 걸까. 아롱거리는 햇볕이 유난히 밝다. 한껏 기지
개를 켜며 창문을 연다. 베란다 창가에 푸르뎅뎅하게 부은
다육이가 보인다. 이를 어쩌나. 급히 나가 살펴보니 뿌리쯤
이 바싹 말라있다. 금방이라도 바스러질 것 같아 손도 대지
못하겠다. 이 엄동설한에 얼마나 추웠을꼬. 눈에서 멀어지면
마음도 떠난다더니. 가을에 베란다로 밀쳐두고는 깜빡한 모
양이다.

이태 전 여름이었나. 퇴근한 남편이 둘둘 만 신문지를 내밀
었다. 신문지 속에는 말라비틀어진 다육이 한 송이가 누워있
었다. 친구 사무실에 갔다가 오종종히 앉아있는 게 하도 보기
좋아 한 놈을 뽑아 왔다고 했다. 한나절을 차 안에 두었다니
어떠했겠는가. 축 늘어진 몰골은 보기가 민망할 정도였다. 도

무지 살 것 같지 않아 보여 그냥 버릴까 하다, 가져온 성의를 생각해 빈 화분에다 심고 물을 주었다. 다행히 이튿날 언제 그랬냐는 듯 생생하게 살아났다. 조그마한 것이 어찌나 앙증 맞은지, 그날부터 꼬맹이라 부르며 곁에 두었다.

무미건조한 일상에 생기가 돌았다. 한참을 녀석에게 푹 빠져있었다. 보면 볼수록 귀엽고 신기했다. 녀석도 나를 유혹하기로 작심한 듯 온몸을 반짝이며 생글거렸다. 청옥 빛을 띤 별 모양은 먼 나라에서 온 어린 왕자를 떠올리게 했다. 내가 힘들어 보이면 그까짓 것은 아무것도 아니라며 토닥여주었다. 녀석을 보면 힘이 절로 났다. 어쩌면 다육이를 통하여 내 무력감을 다스린 건지도 모를 일이었다.

사람만큼 간사한 게 또 있을까. 언제까지나 첫 마음일 수는 없는지. 다육이를 보는 눈이 심드렁해지고 있었다. 더는 자라지 않고 만날 그 모양인 게 참으로 게을러 보였다. 우리 집에 올 때의 상처가 너무 컸었나 싶어 영양제를 주기도 했지만, 헛일이었다. 내가 애달아 하거나 말거나 바짝 엎드린 채 눈만 말똥거리는 녀석에게 부아가 치밀었다. 화초로 사랑받으려면 인간의 변심에 맞추어야 했다. 아름다움으로 눈길을 끌든가, 사람을 혹하게 하는 향기라도 내어 놓아야지. 이도 저도 아니니 내쳐질 수밖에.

제일 잘나고 예뻐서 선택된 줄 알고 우쭐거렸습니다. 형제
들과 떨어지는 것은 섭섭했지만, 어디를 가든 당당하게 살리
라 했습니다. 내 의지와 상관없이 신문지 속에 갇혔을 때는
더위와 갈증으로 죽는 줄 알았습니다. 요행히 밖으로 나왔어
도 눈을 뜰 수 없었습니다. 버림받을지도 모른다는 불안함에
몸이 저절로 움츠러들었습니다. 한 줌의 흙과 한 바가지의 물
이 그렇게 소중한 것인 줄 그때에야 알았습니다. 그녀의 눈
맞춤에 힘을 얻었습니다. 그 사랑에 보답하고자 열심히 살았
습니다. 내 안의 끼를 총동원하여 애교까지 떨었습니다.

누구나 꿈 하나쯤은 가지고 태어난다지요. 빠른 걸음은 아
니더라도 속을 다지며 살고 싶었습니다. 하찮은 미물이라도
나름의 개성과 존재가치는 있지 않겠어요. 죽은 듯이 엎드려
있다고 정말 죽은 건 아니랍니다. 때로는 안으로 침잠하면서
자신을 다지는 것도 필요하니까요. 나도 나를 모를 때가 많은
데 어찌 남을 다 안다 할 수 있겠어요. 잘 알지도 못하면서 모
든 걸 자기 멋대로 조종하겠다는 건 욕심이 아닌가요. 가장
중요한 것은 눈에 잘 보이지 않는다는 사실을 알아야지요.

내게도 문제가 없는 것은 아니랍니다. 애당초 뽑히지 말았
어야 했습니다. 내가 무리에서 제일 잘 흔들렸기 때문임을 눈
치채지 못했습니다. 튼튼하지 못한 뿌리는 조그마한 상처에
도 쉬이 곪게 마련이라, 날마다 진물을 흘렸습니다. 하지만

내 안의 상처는 그대로 둔 채 비바람만 탓했습니다. 자기를 보호해 줄 수 있는 것은 자신뿐임을 왜 몰랐는지. 일시적인 사랑에 눈멀고 귀먹었는지도 모를 일입니다.

상처가 깊으면 깊을수록 더욱 단단한 주체가 된다고 했던 가요. 달랑거리는 목숨 줄을 내려놓지 못하는 오기를 어쩌지요. 흙에서 왔다가 흙으로 돌아가는 생, 훌훌 벗어버리면 그만일 터인데. 다 말라버린 뿌리로 간신히 버티고 있는 꼴이 내가 봐도 우습네요. 자존심도 욕심도 다 버리면 깃털처럼 그렇게 가벼워질까요.

〈2010. 03.〉

거품

거품이 넘쳐난다. 물살은 '강'으로 되어있다. 빠르게 돌아가는 세탁기 소리에 병원 특유의 눅눅함과 찜찜함이 녹아내린다. 켜켜이 쌓여있는 마음속 때도 거품 속에 집어넣어야겠다.

온몸에 피로가 덮친다. 이대로 폭삭 주저앉고 싶다. 보호자인 내가 이럴진데 아버님은 오죽하실까. 집에 오자마자 드러누우셨다. 며칠 새 몰라보게 수척해지신 아버님을 생각하면 마음이 영 편치 않다. 퇴원하는 길로 우리 집에 모셔오긴 했지만, 잘해 드릴 수 있을지는 의문이다.

맏며느리 자리가 그렇다. 어른들과 떨어져 살아도 한쪽 귀는 늘 그쪽을 향하고 있다. 꼭 해야 할 일이나 자식 때문에 눈감아 버릴 때도 신경 쓰이는 건 마찬가지다. 부모님을 모시는 것도, 안 모시는 것도 아닌 어정쩡한 상태로 있자니 더욱 그러한지 모르겠다. 옛날처럼 함께 살아야지 하면서도, 두 마리 토끼를 다 잡겠다는 욕심에 망설이고 있다.

그날은 아침 일찍 시댁으로 갔다. 며칠간 드실 반찬에다 대청소까지 하느라 종일 동동거렸다. 찜통더위에 몸은 천근만근 늘어졌지만, 돌아오는 발걸음은 숙제를 끝낸 것처럼 홀가분했다. 집안을 대충 정리하고 텔레비전 앞에 막 앉으려는데 전화벨이 울렸다. 아버님께서 가슴 통증과 호흡곤란을 호소하신다는 어머님의 다급한 목소리가 들려왔다. 몇 시간 전만해도 멀쩡하시던 분이 갑자기 위급하다니 믿기지 않았다. 우선 시댁 가까이 있는 남편 친구를 찾았다. 빨리 인근의 병원으로 모셔 달라 해 놓고 부리나케 집을 나섰다.

도중에 다시 연락이 왔다. 산소 호흡기를 달고 대구 큰 병원으로 가는 중이니 그리로 오라고 했다. 가슴이 철렁 내려앉았다. 요즘 입맛이 없다 하셨지만, 더위 탓이려니 했다. 내가 너무 방심했던 것일까. 어머님께서 계시니 아버님께는 별 신경 쓰지 않았던 게 사실이다. 병원으로 달리면서 제발 아무일 없기를 빌고 또 빌었다.

응급실에 도착하자마자 시작한 검사는 사흘 동안 계속되었다. 아버님은 끙끙 앓으시는데, 폐도 심장도 깨끗하고 콩팥도 이상이 없다고 한다. 하기야 병원을 내 집처럼 드나드는 어머님께 비하면 아버님께서는 건강한 편이었다. 병명이 나오지 않자 형제들은 노인성 우울증을 의심했다. 큰 집에 두 분만 덩그러니 계셨으니 외로우셨으리라 한다. 내게로 화살이 꽂히는 것 같아 앉은 자리가 바늘방석 같았다. 다행히 위내시경 검사에서 '역류성 식도염'이란 병명이 나왔다. 끼니는 걸러도 커피만큼은 세 끼 다 챙겨 드신 게 문제인 것 같았다.

아버님은 요즘 말로 쿨 하신 분이다. 현실을 꿰뚫어보는 안목은 대학생인 손자들도 혀를 내두를 만큼 날카롭다. 유림에 몸담고 계셨지만, 제사도 시류에 맞게 조정하셨다. 자식들한테 폐가 되는 일은 스스로 삼가셨다, 평소의 주장을 옮겨보면.

"의술이 발달하다 보니 인간의 수명도 많이 길어졌다. 고인 물은 썩기 마련이니 너무 오래 사는 것도 그리 좋아 보이지 않는다." 하시며, 언젠가는 죽을 몸이니 당신은 삶에 그렇게 연연하지 않으리라 하셨다.

생에 대한 집착도 거품처럼 흔들려야 나타나는 것인지. 환자복 차림의 아버님은 내가 알던 어른이 아니었다. 의사 선생님만 보면 빨리 낫게 해주지 않는다며 역정을 내셨다. 소식小食을 철칙으로 여기던 분이 식탐을 보이셨다. 그뿐만 아니다. 몸에 좋은 것이라면 무엇이든 다 잡수시려 했다. 처음에는 어린아이가 되어버린 아버님이 낯설고 황당했다. 며칠 지나자 아버님의 행동이 자연스럽게 생각되었다. 세월 앞에서는 장사가 없다고 한다. 탱탱한 고무풍선도 시간이 흐르면 말랑말랑해지듯, 사람도 나이를 먹으면 풀기가 누그러진다. 성인도 아닌 중생이 죽음을 두렵게 생각하지 않는다면 거짓이리라.

몇 번의 헹굼에도 세탁기엔 여전히 거품이 남아돈다. 맴도는 거품 사이로 그동안 짓눌려있던 잡다한 것들이 고개를 내민다. 산産달이 다 된 딸도 보이고, 이루지 못한 꿈도 날갯짓한다. 당분간 아버님 생각만 하기로 하지 않았던가. 꿈틀거리는 욕망 위로 재빨리 섬유 유연제를 들이붓는다. 보글거리던 거품이 사라지고 답답하던 가슴도 잠시 뚫리는 기분이다.

'삑' 빨래가 다 되었다는 신호음이 울린다. 이 일을 어찌하나. 말갛게 웃고 있는 옷 사이에서 휩쓸려가지 못한 욕망의 찌꺼기가 튀어나오다니. 아무리 헹궈도 거품을 완전히 빼내는 건 불가능한 걸까.

〈2008. 08.〉

꽃은 피고 지고

빨랫줄 흰옷이 너울거린다. 빛바랜 상복이 햇볕을 쬐고 있다. 퀴퀴한 냄새야 어쩔 수 없지만 오랜 세월 장롱 속에서 버틴 힘이 놀랍다. 삼베로 된 상주 옷 여섯 벌에 광목 치마저고리가 제법 된다. 고종명 하셨다고 슬픔인들 없었으랴. 그때의 눈물 자국인 듯 얼룩도 보인다.

시할머님 돌아가셨을 때가 언젠가. 사반세기가 넘었다. 요즘 같으면 벌써 옷 수거함에 들어갔거나 재로 변했을 터이다. 소상, 대상은 고사하고 삼우제만 지나면 별 볼 일 없는 옷이 아닌가. 누가 전 세대에 입었던 상복을 다시 쓸 생각 하랴. 알뜰한 어머님 덕에 며칠간은 족히 견디겠다. 고이 간직한 걸 보면 푼푼하지 못한 살림에 이것도 부담이다 싶었던 모양이다.

빨랫줄 옆에서 시부모님도 해바라기 하신다. 온몸으로 봄볕을 즐기신다. 굳었던 뼈가 말랑말랑해지자 마음도 느슨해지는 걸까. 아버님께서 일어나 천천히 걸으신다. 그러나 마음이 몸보다 앞섰던 듯 몇 걸음 못 가 의자에 털썩 주저앉으신다. 한차례 힘이 빠져나가고, 또 한 번 영원한 귀향을 생각하셨는지도 모를 일이다. 하지만 곧 볕은 도타워질 테고 낮도 점점 길이를 늘일 것이다. 아버님도 예전처럼 환하게 웃으며 걸으실 수 있으리라.

아침 해가 살금살금 자리를 옮긴다. 두 분의 어깨 위로 바람 한줄기 지나간다. 빨랫줄 상복이 안길 듯 다가온다. 초점 없는 눈으로 상복만 바라보시던 얼굴에 일순 간절함이 묻어난다. '언제쯤 저 옷이 소용 있으려나. 이렇게 따뜻한 날 데려가 주소서.' 곰삭은 소망이라도 되뇌는 것일까.

담 너머 이웃집 기저귀가 힘차게 춤을 춘다.

천도재는 이미 시작된 모양이다. 법당문을 여니 범패 소리와 바라춤이 한창이다. 빈자리가 없을 만큼 사람들이 꽉 찼다. 겨우 비집고 들어가 삼배부터 올린다. 가지 많은 나무 바람 잘 날 없듯 고모님의 생전도 만만치 않았다. 여섯 아들에 손자 손녀가 수없이 많지만, 결혼 초에는 애 못 낳는다고 친정으로 쫓겨나기도 했단다. 농촌 부자는 일 부자라 하듯이 평생을 일 속에 묻혀 사셨다.

살풀이춤이 이어진다. 흰 명주 수건이 허공을 가르고, 버선 코가 겨끔내기로 얼굴을 내민다. 맺힌 것이 있으면 다 풀어버리고 좋은 곳으로 훨훨 가시라 한다. 백수를 다 한 노인의 저승길에 뭐 그리 한이 많으랴. 남은 이들의 평안을 비는 마음이 더 크게 보인다. 따뜻한 거문고 소리가 경내를 감싼다. 맑고 향기로운 가락은 도솔천의 부처님도 감복시키겠다. 부모은중경을 들으면 누구라도 다 효자가 되는 걸까. 회심곡이 나오자 여기저기서 훌쩍인다.

천도재는 이제 절정이다. 긴 장삼에 고깔 쓰고 청홍 띠를 두른 무희가 나비춤을 춘다. 해탈을 꿈꾸는 한 마리 나비가 영혼을 어루만지듯 빙글빙글 돌아다닌다. 스님들이 바라춤으로 기운을 북돋우자, 춤꾼이 부처님께 연꽃을 올린다. 영가를 극락세계로 인도하여 달라는 극락 무라 한다.

삶과 죽음이 다르지 않듯, 죽음 뒤의 행사도 잔치나 다름없다. 법당엔 애끓는 슬픔보다 안도와 평온이 넘실거린다. 상주의 피곤한 표정 뒤로 언뜻 희망을 담은 열기 같은 게 보인다. 스님들도 근래에 보기 드문 천도재를 하였다며 흐뭇해 하신다. 탈상 제사까지 끝내고 나오니 서쪽 하늘이 발갛게 저물고 있다.

거리가 온통 벚꽃이다. 꽃망울이 벙그는가 싶더니 벌써 끝물이다. 노을 속 꽃잎이 윤슬처럼 빛난다. 황홀한 자태에 끌려 꽃길을 걷는다. 아름다움은 사람의 마음을 온화하게 만드는 것일까. 서그럽지 못한 마음이 평온해진다. 길에도 온통 꽃물결이다. 차가 지나갈 때마다 꽃잎이 출렁인다. 바퀴에 깔려 피멍이 들어도 아무 말 없다. 그들도 생이 무한하지 않음을 깨달은 건가. 순순히 몸을 맡긴 채 눈감고 있다.

실바람이 분다. 소리 없이 꽃 비가 내린다. 차창에도 행인의 머리에도 연분홍 꽃잎이 하늘거린다. 요염한 나비들, 바람따라 팔랑팔랑 저들끼리 몸을 섞는다. 바람이 샘을 내며 갑자기 회오리로 몰아친다. 화르르 몸을 일으키는 수천수만의 나비 떼. 천지가 환해진다. 승천하는 중인가, 뿌리로 돌아가는 몸짓이런가.

붉게 피어나는 노을. 벚꽃, 잔치는 끝났다. 곧 푸른 잎들의 향연이 펼쳐지리라.

〈2012. 04.〉

우리말 놀이

청소기 소리가 둔탁하고 어지럽다. 느낌이 좋지 않다. 억지로 잡은 일이니 얼넘기려는 게 분명하다.

한가위가 코앞이다. 누구는 손이 열 개라도 모자랄 판인데, 옆은 바보상자에 눈을 박고 낄낄거린다. 눈치껏 한 손이라도 보태주면 좋으련만. 내내 모르쇠로 앉아 있으니 얄미울밖에. 옥생각에 청소기를 디민다. 싫다고 뿌리치지는 않지만, 눈과 귀는 그대로 화면에 두고 있다. 에멜무지로 시킨 일이니 능놀거나 말거나 곰파지 말자. 짐짓 모른 체하려 해도 신경이 쓰이지 않을 수 없다.

'쨍그랑' "여보, 큰일 났다."

두 가지 소리가 동시에 날아든다. 후다닥 뛰어가니 난 분하나가 깨어져 방안이 온통 흙투성이다. 알몸을 드러내고 누워있는 난을 보자 온몸이 굳어진다. 하필이면 내가 제일 아끼는 난이라니. 눈이 확 뒤집힌다.

목까지 넘어오는 욕지기를 억지로 삼킨다. 참자. 지금 우리는 며칠째 냉전 중이지 않는가. 그것도 나의 말실수로 불거진 싸움이었으니. 이쯤 해서 사춤을 메워야 하리. 망연히 서있는 그를 밀치며 말없이 깨어진 화분을 비닐봉지에 쓸어 담는다.

차마 버리지 못하겠다. 쓰레기통에 넣으려다 난이 왔던 꽃집으로 전화를 건다. 당장 가져오라는 말에 만사 제치고 집을 나선다. 주눅이 든 그가 쭐레쭐레 따라온다.

"난 잘 키웠네요. 촉이 많이 생겼어요. 이참에 두 개로 나눕시다."

누가 먼저랄 것 없이 우리는 마주 보며 웃음을 터트린다.

〈2010. 09.〉

* 얼넘기다 : 대충 얼버무려서 넘기다
* 옥생각 : 옹졸한 생각
* 에멜무지 : 헛일하는 셈치고 시험 삼아 하는 일
* 능놀다 : 쉬어가며 일을 천천히 하다.
* 곰파다 : 일의 속내를 알려고 자세히 따지다
* 사춤 : 갈라진 틈

후회

아이가 두리번거리더니 울음을 터뜨린다. 어르고 달래도 소용없다. 그저 "엄마, 엄마." 하며 울기만 한다. 시장 간 딸은 돌아올 기미 없고, 손자는 계속 보채고. 난감하다.

할 수 없이 아이를 업는다. 토닥토닥 해주니 잠잠하다. 허리가 아파 다시 내려놓고 장난감을 준다. 잘 논다. 후유, 한숨을 내 쉬는데 또 운다. 갓난아기 때는 나와 잘도 놀더니 돌 지나고부터 어미 품을 안 모양이다. 잠시 잠깐의 부재에도 이렇게 난리다.

내 등에서 곤하게 자던 아이가 현관문 소리에 고개를 든다. 제 엄마임을 확인하자 할머니한테서 벗어나려 버둥거린다. 내려주니 뒤도 돌아보지 않고 쪼르르 내달린다. 하릴없이 딸애의 시장바구니를 빼앗아 부엌으로 향한다.

휴일도 아닌데 아들이 온다고 했다. 의아해하니 수업도 없고, 그냥이라며 얼버무렸다. 다녀간 지 한 달밖에 되지 않았다. 어디 몸이라도 아픈 것인가. 아니면 벌써 엄마 품이 그리운 건가. 짠한 마음에 시장으로 내달렸다.

한 상 차려놓고 목을 빼고 기다렸다. 배고픈 걸 못 참는 남편도 용케 버텼다. 느지막하게 온 아들은 밥상에는 관심도 없었다. 저녁을 먹는 둥 마는 둥 하더니 나갈 채비를 했다. 친구가 다리를 다쳐 병원에 입원해 있다고. 몇이 병문안 가기로 했는데 거기서 밤새워야 할 것 같다고 했다. 내일은 수업이 있어 새벽에 가야 한다며 뒤통수를 긁었다.

멍하니 아들을 바라보다 겨우 한마디 내뱉었다. 일찍 와서 아침이라도 먹고 가야 하지 않겠느냐고. 밥은 잘 챙겨 먹고 다니는지, 기숙사 룸메이트와는 잘 지내는지, 학교생활은 재미있는지. 목구멍까지 올라온 말들은 다시 꾸역꾸역 밀어 넣었다. 현관문을 나서는 아들의 뒷모습에서 삼십여 년 전 내가 얼비쳤다.

결혼 후 석 달 만에 첫 친정을 갔다. 늦게 간 보상으로 한 달간의 휴가를 얻었다. 어머니는 친정에 있는 동안 이것저것 챙겨 먹이며 가르치고 싶어 하셨다. 하지만 나는 날마다 돌아다녔다. 친구를 만나 깔깔거리거나 남편을 만나는 게 더 즐거웠다. 잠시나마 시집살이에서 벗어난 자유를 마음껏 누렸다.

인사차 외가에 들렀다 돌아오는 길이었다. 버스 정류장에서 어머니와 헤어져 남편한테로 갔다. 우리는 그때 주말 부부였다. 남편은 자취 집에 그대로 있었고, 나는 과수원에서 시집살이하던 터였다. 첫 친정 휴가가 어른들 눈치 보지 않고 함께 있을 수 있는 절호의 기회인 셈이었다. 시집으로 돌아가는 날 아버지께서 한 말씀 하셨다.

"어디 가서 친정 한 달 있었다는 소리 하지 마라. 그동안 집에서 밥 먹은 거 세어보니 여섯 끼밖에 안 되더라."

첫아이 돌 무렵에 어머니께서 털어놓으셨다. 그때 참말로 섭섭하더라고. 27년간 키워준 어미보다 만난 지 몇 달밖에 안 된 서방이 그리 좋더냐고. 가슴이 울컥거려 버스도 타지 않고 십여 리 길을 그냥 걸었노라고. 그 말을 듣고 얼마나 민망하던지. 바보도 그런 바보가 없었다. 결혼했으니 무조건 남편만 생각하면 되는 줄 알았다. 어머니 마음은 생각하지도 못했다.

생각만 해도 가슴 저릿한 말. 그러면서도 푸근한 고향 같은 말. 엄마. 꼭 어머니를 지칭하지 않더라도 불쑥불쑥 튀어나오는 단어다. 자궁에서부터 키워온 생명의 근간이기 때문일까. 아이들이 울면서 부르는 소리도 엄마요, 흔히 놀랐을 때 외치는 소리도 '엄마야' 다. 시대가 아무리 변해도 엄마는 태초의 울림이요 불멸의 사랑이다.

　엄마 품에서 떠날 줄 모르는 아이를 본다. 어머니를 그리며 눈시울을 적신다. 역시 아이는 어른의 아버지다.

〈2008. 06.〉

거북이와 토끼

로마에서

거북이걸음도 이보다는 빠르겠다. 로마, 트레비 분수에서 콜로세움 경기장으로 가는 길. 조급한 마음과 달리 차는 좀체 움직이지 않는다. 매표소 문 닫기 전에 도착해야 경기장 계단을 밟아볼 수 있다. 경기장 안에 앉아보아야 콜로세움의 진가를 알 수 있다고 한다. 좁은 도로가 주차장을 방불케 하니 답답한 노릇이다. 우리를 태운 벤츠기사도 느긋한 표정이다. 사람이 지나가면 정차하고 마차도 먼저 가라 한다.

북새통인 도로를 용케 빠져나와도 차는 달리지 못한다. 이번엔 올록볼록한 화산석이 달음박질을 가로막는다. 로마 구시가지는 르네상스, 바로크 시대의 도로망이 그대로 있다. 개조할 때도 옛 방식을 고수한단다. 몇 천 년의 유적을 지켜내기 위함인데 어찌 나무라겠는가.

안내자의 말.

"로마에 왔으니 로마법을 따라야지 별수 있겠소."

경기장 계단을 밟아보기는 이미 틀렸다. 옛것이 아닌 오늘의 로마나 담아가야겠다. 자글거리는 마음 거두고 차창 너머로 시선을 둔다. 호객하는 노점상과 예비 신랑 신부가 웨딩 촬영하는 모습이 보인다. 눈에 익은 풍경이다. 지구의 반대편, 피부색이나 언어가 다른 이곳도 우리와 진배없지 않은가. 삶은 어디나 다 그렇고 그런 모양이다.

일상 속으로

속전속결이다. 입국 절차를 밟고 가방을 손에 넣는 데 10분도 걸리지 않는다. '레오나르도 다빈치 공항'에서 한 시간 이상 걸린 데 비하면, 인천공항이 빠르긴 빠르다. 항공업계의 노벨상이라는 '세계 최우수공항상'을 6년간 지켜냈다는 게 빈말은 아닌가 보다.

내 나라에 안기니 마음도 급해진다. 마지막 여행지인 파리에서 한 말들은 까맣게 잊은 듯하다.

"인천에 내리면 영종도 해물칼국수라도 먹고 헤어집시다."

팀장의 말에 모두 손뼉을 쳤다. 처음 만난 사이였지만 정이 흠뻑 들었다. 열흘 동안 잠자는 시간 외에 내내 같이 했으니 왜 아니겠는가. 섭섭한 마음에 쉬이 헤어질 수 없을 것 같았는데. 누구 하나 그때의 말을 입 밖에 내는 사람이 없다. 착륙과 동시에 가족들과 전화하기 바쁘다. 여행이 끝났으니 팀의 존재 이유도 없어졌지만, 알뜰살뜰 챙기던 그 마음마저 이리 될 줄이야. 가방을 찾자마자 너나없이 악수만 하고 그대로 돌아선다.

우린 다시 직장과 가족을 생각하며 종종걸음쳐야 하리라. '다빈치'와 '미켈란젤로'에 감탄하고 융프라우의 만년설에 환호하던 여유는 사진첩에서나 느낄 일이다. 나 역시 무슨 큰일이라도 생긴 듯 비 내리는 인천공항을 바쁘게 빠져나온다.

댓잎 소리도 듣지 못하고

전라도 문학 기행. 오후 늦게야 송광사에 도착했다. 자유시간은 한 시간. 대부분 큰 절인 송광사만 둘러볼 눈치다. 송광사야 전에도 보았지만, 불일암은 처음이다. 얼마 전에 입적하신 법정스님의 거처인지라 꼭 가보고 싶다. 발 빠른 몇몇이 그곳에 간다며 남 먼저 내달린다. 나도 질세라 얼른 꽁무니에 따라붙는다.

산길은 가파르다. 오전에 내린 비로 미끄럽기까지 하다. 한눈팔 겨를 없이 걸어도 빠듯하겠다. 친구와 이야기를 주고받으면서도 뛰다시피 한다. 얼마나 갔을까. 앞서 가던 사람들은 보이지 않고 '송광사 가는 길' 이란 팻말이 눈앞을 가로막는 다. 불일암을 가는데 송광사라니. 우왕좌왕하고 있자 일행한 테서 전화가 왔다. 뭐하느라 여태 안 오느냐 한다. 세상에, 불 일암을 놓치고 송광사로 내려가는 중이었다.

한참을 되돌아가니 불일암으로 들어가는 대나무 숲이 보인 다. 조금 전에는 왜 이 길을 보지 못하고 지나쳤는지 모르겠 다. 내용보다는 형식에 치우친 여행이라고 산문을 지키던 법 정스님이 도술이라도 부렸던 것일까. 이제 보니 졸졸거리는 흰여울도, 사각거리는 댓잎 소리도 듣지 못했다. 앞만 보고 내달은 욕심에 기가 찰 노릇이다. 불일암은 풍경만 눈에 넣고 발길을 돌려야겠다.

인생길 또한 여행과 다름없을 터. 거북이가 되느냐 토끼가 되느냐로 가는 길도 달라지겠지. 나는 지금 어느 길을 가고 있을까.

〈2011. 11.〉

돌아오지 않는 기차

미국에 있는 순이를 만났어. 십육 년 만의 해후에 얼마나 반가웠는지. 시어머니 장례 차 왔다는 그녀와 왕년의 친구들이 모여 밥 한 끼 했지. 지금은 가고 없는 우리의 청춘과 첫사랑 이야기가 온종일 이어졌고, 어제만큼은 십 대 소년 소녀로 돌아갔다네.

꿈과 패기가 넘치던 시절이었어. 기껏해야 열다섯 살 중학생들이 어떻게 그런 모임을 할 생각했는지. 철이 없었다기보다 어쩌면 너무 일찍 철들었던 건지도 모를 일이야. '잘 살아 보세'를 외쳤던 60년대 후반, 가난한 때였지. 한 반에 절반도 못 미치는 중학교 진학률에, 또 그 반도 안 되는 소수만이 대도시 중학교에 들어갔으니. 기차 통학생을 중심으로 모인 걸 보면, 일종의 우월감에다 다른 아이보다 낫게 보이려는 허영심도 있지 않았을까 싶어. 아무튼, 지역사회를 위해 조그만 밀알이 되려 했던 결의는 높이 살 만했어. 만나면 먹고 싸우기가 일쑤였지만, 허황한 꿈만은 아니었어. 대학생들과 연계하여 면민 체육대회를 연 건 큰 자랑이었지. 모임의 정체성을 알리려 한 문집 만들기는 끝내 무산되었지만 말이야.

방학 때마다 많이도 돌아다녔어. 회의를 핑계로 집집이 몰려다니기도, 윷놀이로 밤을 새우기도 했지. 호연지기를 배우겠다며 산도 많이 찾았지. 울며불며 정상 정복을 했던 게 헛일은 아니었어. 훗날 무슨 일이든 할 수 있다는 든든한 힘이 되었지. 부모님도 회원이라면 다 받아 주셨으니 고마운 일이었지. 고등학교 졸업 후 입대와 직장으로 몇몇이 빠져나갔지만, 그런대로 잘 꾸려 나갔어. 운명이 우리 둘을 갈라놓기 전까지는 말이야. 우리가 삼각관계에 휘말렸다는 소문이 나돌자 회원들은 술렁거렸고, 누군가 그에게 폭행을 가하는 일까지 벌어졌지. 하나둘 짝을 찾아 떠나면서 모임도 막을 내리고. 그때의 이야기는 두고두고 안줏거리가 되곤 했지.

첫사랑은 아픔이라 했던가. 자매처럼 친하게 지냈던 우리도 홍역을 치렀으니. 삼각 구도는 안전한 도형임이 틀림없지만, 인간에게 오면 가장 불안한 존재로 변해버린다는 걸 그때는 눈치채지 못했지. 고백하건대, 사랑에 관한 한 네가 한 수

위였어. 나는 책 속의 사랑을 꿈꾸었고, 너는 구체적인 사랑을 했지. 내가 사랑은 소유가 아니라는 개똥철학에 잠겨 있을 때, 너는 사랑은 쟁취임을 보여주었고. 내가 관념적이었다면 너는 이성적이었어. 너는 자신의 목소리에 충실했고, 나는 내면을 보지 못한 채 페르소나에 갇혀 허우적거렸지. 네가 나의 환상을 깨어버렸지만, 미워할 수는 없었어. 덜 여문 역사라 해도 거기엔 내 발자취가 고스란히 남아있었으니까. 우리 이야기가 아직도 도마 위에 오르는 걸 보면, 아픔도 세월이 가면 추억을 장식하는 전설이 되는 모양이야.

고향을 그리워하는 순이를 위해 추억 나들이에 나섰지. 오랜만에 금호강을 바라보니 감회가 새롭더군. 푸르게 넘실대던 강물은 어디로 갔는지. 조그만 물줄기로 바닥만 적시며 기어가고 있었어. 잠수교가 있던 자리에는 대형 다리가 놓일 모양인지 공사가 한창이더군. 이맘때쯤이면 황금 물결을 이루던 금호 벌은 공장과 비닐하우스 천지가 되어버렸어. 영원한 건 아무것도 없다지만 실망하는 순이가 안쓰러웠지. 길가의 코스모스가 예전과 다름없이 손을 흔든 게 그나마 다행이랄까. 초등학교도 예외는 아니었어. 군내에서 이등 가라면 서러워할 만큼 크고 화려했던 모습은 찾아볼 수 없었지. 아이들이 자꾸만 줄어들고 있으니 그럴 수밖에. 한없이 넓어 보였던 운동장도 왜 그리 좁아 보이던지. 그도 우리처럼 날마다 오그라들었던가 봐.

학교를 벗어나 금호역으로 발걸음을 옮겼지. 눈뜨기 바쁘게 제일 먼저 달려갔던 곳 아니었나. 산모롱이를 돌아 나온 기차가 기적을 울리면 누구랄 것 없이 달음박질했지. 비가 오나 눈이 오나 한결같이 다녔던 곳이잖아. 반가이 안아주지 못해도 최소한 알은 체는 할 줄 알았지. 하지만 역사驛舍는 입을 굳게 다문 채 접근조차 허락하지 않았어. 시간은 사람의 의지보다 사물을 바꾸어버리는 힘이 더 강한 모양이야. 그곳도 자가용과 시내버스에 밀려난 지 오래된 것 같더군. 모두 할 말을 잊은 채 못 박힌 듯 그 자리에 한참이나 서 있었지. 유한한 생이기에 지나간 걸 그리 애타게 그리워하는 걸까.

우리도 벌써 귀밑머리 희끗희끗한 중늙은이네. 지금은 돌아오지 않는 기차를 아쉬워하지만, 내일은 우리가 돌아오지 못할 기차일 수도 있겠지. 하지만 친구야 서두르지 말자. 강물은 그래도 흘러갈 것이고, 너와 나 웃음을 잃지 않았으니. 살아갈 날 아직 많이 남았어. 때로는 아프고 그립더라도 멋지게 사랑하며 그렇게 살자.

〈2012. 10.〉

4 부
봄바람

전쟁터를 방불케 하는 이곳에도 봄은 절정입니다. 노란 민들레가 지천이네요. 몇몇은 금방이라도 꽃술을 터뜨릴 기셉니다. 쓰디쓴 즙을 안고 납작 엎드려 살아가는 민들레. 그들은 아무리 짓밟혀도 죽지 않고, 어디를 가든 쉽게 뿌리를 내린다지요. 시련도 죽음처럼 삶의 빼놓을 수 없는 한 부분이라면, 이곳 사람들 잘 살고 있겠지요. 인간은 어떤 환경에도 적응할 수 있다고 했으니, 분명 그렇겠지요.

신문을 읽다

10대 세 자매가 영양실조에 걸려 발견되었다. 부모의 이혼으로 버려지다시피 한 아이들. 난방도 되지 않은 반지하 월세방에서 반찬 없는 밥과 라면으로 끼니를 때웠다. 둘째는 발작과 허리디스크 증세를 보였고, 막내는 골다공증으로 다리가 부러져 하반신마비가 왔다. 막막한 큰딸이 취업을 위해 목사를 찾아가면서 알려졌다. 경찰은 친부와 계모를 아동복지법 위반혐의로 입건한다고 했다. 언론은 이들을 외면한 책임이 부모에게만 있는 것일까라며 목소리를 높였다. 여기저기에서 온정의 손길이 이어지고 있다니 그나마 다행이다.

신문 사회면을 읽다 보니 어느 날 오후의 한 장면이 떠오른다. 다문화가정의 한글 교사를 하는 친구가 양심선언 하듯 입을 열었다.

"한파주의보가 내린 날이었어. 베트남인 제자가 가는 길에 자기 친구한테 좀 데려다 달라더군. 남편의 폭행으로 만삭인 채로 이혼한 친군데, 얼마 전에 아기를 낳았대. 위자료 한 푼 못 받아 친정에도 갈 수 없다나. 갓난아이와 어떻게 살아갈지 걱정이라며 땅이 꺼지라 한숨인 거야. 주민자치센터에 도움을 청해보라 했지. 벌써 가 봤는데, 국적이 상실되어 기초생활보장 수급자에 들 수 없다고 하더라나. 직원들과 부녀회원들이 십시일반으로 거두어준 돈으로 월세방에 있다더군.

　목불인견이었어. 한겨울에 난방은 고사하고 온수도 나오지 않더군. 얼음장 같은 방에 전기 매트와 전기 주전자뿐이더라. 영유아 양육비는 아기 우유와 기저귓값 대기도 빠듯하겠지. 여인은 담요를 둘둘 감고 누워 있었어. 산후조리를 못 해서인지 얼굴이 퉁퉁 부었더라고. 아토피가 심한 아기는 눈자위가 발갛게 짓무른 채로 자고 있었고. 제대로 먹지 못하고 씻지 않아서인지 사람 같아 보이지 않더군. 괜히 따라 들어왔다 싶었지. 우리 집에 데려갈까도 했는데, 내가 알 바 아니라는 생각이 고개를 쳐들었어. 끝까지 책임지지 못할 바에야 건드리지 않는 게 좋을 것 같았지. 결국, 아무 쓸데 없는 몇 마디 위로만 남긴 채 나와 버렸어.

　그런데 요즘 밥도 못 먹겠고 잠도 잘 안 온다. 내가 이러고도 선생이냐 싶어 사람들 앞에 서기가 두려워. 단 하루라도 데려와 씻기고 먹여서 보냈어야 했는데. 몰랐으면 모를까, 사람이 왜 이 모양인지 모르겠다. 아무것도 못 하면서 앉은뱅이 용만 쓰니 참 바보지. 나는 그렇다 치자.

아비란 사람은 뭐니. 짐승도 제 새끼는 목숨 내놓고 보호하던데. 고 조그마한 생명이 무슨 죄 있나. 이혼했거나 말거나 아이는 자기 핏줄이잖아. 요즘 젊은이들 갈라서면 아이를 서로 맡지 않으려고 싸운다더니. 그 말이 참말인 기라. 그놈의 법도 그렇다. 우리나라 국민만 사람인가. 우선 산모와 아기부터 살려놓고 봐야지. 높은 자리에 앉아있는 양반들 뭐를 하는지 모르겠다. 자기 배 채우기 바빠 힘없는 사람은 죽든 말든 하니 말이다."

자기비판으로 시작한 친구는 기어이 사회 부조리까지 들먹였다. 모두 머리를 숙인 채 아무 말도 하지 못했다. 가난한 이웃을 챙기는 건 누구나 해야 할 일이다. 하지만 그게 어디 마음처럼 되는 일이던가. 나 또한 내 앞만 보고 살기에 급급했다. 백화점 쇼핑은 하면서 지하철 계단에 놓인 걸인의 동전 바구니는 외면하기 일쑤요. 불전佛前에는 스스럼없이 지갑을 열면서 적십자회비는 망설이지 않았던가.

돌이켜보면 우리 어머니는 그러지 않았다. 끼니때마다 밥 얻으러 오는 사람이 얼마나 많았나. 그들이 오면 군말 없이 먹던 밥을 덜어주셨다. 꽁보리밥에 된장이 고작이었지만, 그냥 보내지 않았다. 밥을 다 먹은 뒤에 오는 사람은 다음에 주겠노라 했다. 부엌 귀퉁이에는 그들에게 줄 그릇과 숟가락까지 놔두었다. 그렇다고 우리 집이 부자는 아니었다. 너나없이 가난하였지만, 콩 한 쪽이라도 나눠 먹어야 한다는 생각이었을 게다.

으슬으슬 춥더니 콧물이 나왔다. 대수롭잖은 감기라 여기며 평소와 다름없이 지냈다. 며칠이 지나자 목이 따끔거리고 밥 먹기조차 고통스러웠다. 열이 펄펄 나고 온몸은 몽둥이로 두드려 맞은 듯 아팠다. 부랴부랴 병원에 갔더니 감기 합병증으로 폐렴이 왔다고 했다. 감기로 죽을 일은 없지만, 폐렴까지 오면 사정이 달라진다. 일찍 휴식을 취하고 섭생에 주의했더라면 좋았을 것을. 방심하다가 호미로 막을 걸 가래로 막은 셈이었다.

이 사회도 마찬가지. 더 아프기 전에 아스피린을 투여해야 한다. 로마의 황제 아우렐리우스는 '신이 우리를 만든 이유는 어떤 의무 때문이라'고 했다. 개는 개의 일을 하는 것이고, 벌은 벌의 역할을 하는 것이며, 사람은 사람다운 일을 하는 것이다. 인간은 사회적 동물이다. 더불어 살아가며 서로 아끼고 보듬으며 살아야 하리.

신문에서 시작하여 별의별 생각을 다 한다. 감기 한번 된통 앓고 보니 정신이 나간 것인가. 아니면 나간 정신이 돌아온 것인가.

〈2013. 03.〉

무너지는 것들

녀석을 데리러 왔다. 견인차에 몸뚱이를 맡기고 앉아있는 모습이 처연하다. 그동안 고마웠다는 말이라도 건네고 싶은데 선뜻 다가설 수가 없다. 찬바람을 일으키며 사라지는 뒷모습에서 지난날을 읽는다.

십칠 년이라는 짧지 않은 세월을 내 곁에 있었다. 밥벌이에 나섰을 때는 충실한 하인이었다. 실내가 터져나갈 듯 짐을 실어도 불평 한 마디 하지 않았다. 날렵한 몸매로 돈 되는 곳이면 어디든 달려갔다. 피곤이 몰려올 때는 잠시나마 눈꺼풀을 내릴 수 있도록 쉼터 구실도 했다. 중후한 멋은 없지만, 볼품 없이 작지도 않아 내 마음에 딱 들었다. 녀석이 있었기에 인생의 오르막길을 조금은 쉽게 건너뛸 수 있었다.

시간은 우리를 가만히 두지 않았다. 다니던 회사가 부도나

자 나는 예전처럼 주부로 물러앉게 되었다. 차를 가지고 다니는 게 여러모로 눈치가 보였다. 하지만 변화를 싫어하는 습관 탓에 단박 녀석을 떼어낼 수 없었다. 지하철이 있는 곳으로 이사하고 거리 조절에 나섰다. 교통이 불편한 곳이나 짐이 많은 때를 제외하고는 지하철을 이용했다. 무엇이든 자주 눈 맞추지 않으면 마음이 식게 마련이다. 어떨 때는 한 달 내내 찾지 않은 때도 있었다. 계륵이 되어버린 녀석은 가끔 한풀이라도 하듯 큰돈을 집어삼키곤 했다.

그날은 처음부터 느낌이 좋지 않았다. 엑셀러레이터를 밟아도 앞으로 나갈 생각을 하지 않았다. 무엇에 토라졌는지 꿈쩍 않고 앉아 있었다. 마침 절에 갖다 줄 재활용품이 있어 대중교통을 이용할 입장도 아니었다. 치밀어 오르는 화를 누르며 몇 번을 반복 시도했다. 인내심에 한계를 느낄 즈음 주춤주춤 움직이기 시작했다. 하지만 억지로 끌려가는 듯 운전대를 잡은 팔이 무지근했다. 그게 마지막이었다. 녀석은 끝내 집으로 돌아가려는 나를 외면해버렸다. 아무리 어르고 달래도 알지 못할 쇳소리만 내지를 뿐 꿈쩍도 하지 않았다. 급기야 보험회사에 전화하고 견인차가 왔다. 기사는 엔진오일이 바닥나서 그렇다고 했다.

매력이 없어진 것은 아무것도 아닐까. 녀석에게 필요한 게 무엇인지 생각하지 못했다. 매일같이 닦으며 어루만졌던 때를 생각하면 말도 안 되는 무관심이었다. 시나브로 그르렁거리며 덜컥거려도 늙고 병들어서 그런 줄만 알았다. 매 순간 죽음을 향해 나아가는 게 생이라는 걸 어찌 깨닫지 못했을까. 나 또한 녀석처럼 될 날이 머지않았거늘. 한 번씩 생각지도 않은 돈을 까먹을 때마다 처분해야겠다는 마음만 굳히고 있었다. 세월이 녀석을 데려간 게 아니었다. 끝까지 사랑하지 못한 나 때문에 무너진 것이었다.

폐차장에서 돈이 들어왔다. 사라졌다 싶으니 아쉬움이 더하다. 선물처럼 남기고 간 목숨값. 무엇으로 기억 속에 저장할까.

그것은 그들의 분신과도 같았다. 몇십 년 모은 돈을 다 쏟아 부었다. 그러고도 턱없이 모자라는 공사대금은 전세금을 미리 받아 충당하였다. 목 좋은 곳의 덕을 톡톡히 본 셈이었다. 건물이 준공된 날 둘은 부둥켜안았다. 편히 잠자고 생활할 집 한 채 있으니 무엇을 더 바라랴. 무엇보다 천장에서 떨어지는 빗물 때문에 밤잠 설치지 않아도 되는 게 기뻤다. 빠듯한 살림살이였지만, 몸뚱이가 건강하니 고생도 낙으로 여겼다.

차돌처럼 야무진 줄 알았는데 알고 보니 날탕이었다. 상권이 신도시로 옮겨가면서 세놓기가 어려워지기 시작했다. 그뿐 아니었다. 외환위기는 곧바로 부동산 위기로 변하여 전세금을 바닥까지 끌어내렸다. 전세금을 반으로 낮추어도 빈 사무실은 채워지지 않았다. 은행 빚을 쓰지 않을 수 없었고, 마음은 점점 그곳을 떠나고 있었다.

남 보기는 번듯한데 속 빈 강정이었다. 생의 방편도 노후 보장도 되지 못하는 것이 생활비만 축내고 있었다. 그야말로 애물단지였다. 언젠가는 벗어나리라. 호시탐탐 떠날 기회만 엿보고 있었다. 그러다 임자를 만났다. 만족한 값은 아니었지만, 시세가 그러하니 어쩌겠는가. 눈 딱 감고 도장을 찍었다. 그들이 결혼하고부터 살았던 곳이니 미련인들 왜 없었을까. 인연이 여기까지구나 하며 아쉬움을 달랬다.

떠날 일만 남았는데 난관에 부딪혔다. 첫 단추를 잘못 끼우면 아래는 보지 않아도 뻔하다. 처음부터 분란의 소지를 안고 있었다. 인간의 욕심은 끝이 없어서, 세월에 찌들고 삭아 내린 것에도 눈독을 들였다.

왜 그리 움켜쥐려고만 할까. 아무리 많이 가져도 죽을 때는 빈손으로 가야만 하는데. 과거에 너무 가난하게 살았던 탓일까. 결핍이 욕망을 낳는다지만, 끝내 채워지지 않는 것 또한 욕망인 것을. 황금만능주의에 우리도 서서히 무너지고 있다.

〈2013. 06.〉

길과 길 사이에서

나룻배가 서서히 움직입니다. 통한의 눈물이라도 품고 있는 것일까요. 구름 한 점 없는 하늘이건만 강물은 음울해 보입니다. 열에 들뜬 자갈과는 사뭇 대조적이네요. 세월을 건너 뛰지 못하는 서강에 가슴이 아립니다.

강원도 영월 청령포. 동북 서쪽은 시퍼런 강물로, 남쪽엔 층암절벽으로 막힌 외로운 섬. 단종의 유배지에 내렸습니다. 아지랑이 피어오르는 자갈길 너머 소나무 군락이 손짓하네요. 저 관음송 자태 좀 보소. 어쩜 하나같이 단종의 처소를 향해 읍하고 있는지. 역사의 흐름에 속수무책으로 무너지는 인간에게 비하면 참으로 가상하지 않습니까. 고개가 저절로 수그러집니다.

한양 땅을 바라보며 그리움을 삭였던 곳. 노산대에 오르니 서늘한 바람이 달려듭니다. 열여섯 어린 왕의 한이 서려서일까. 유월답지 않은 차가움에 오싹 소름이 돋아나네요. 여차하면 집어삼킬 듯, 발아래 동강은 아가리를 벌리며 기다리고. 얼마나 두려웠을까요. 백 년도 못 채우고 땅 보탬 할 생이건만, 권력에 대한 욕망은 끝이 없으니. 불현듯 어릴 적 땅따먹기 놀이가 생각나네요. 아무리 많은 땅을 차지하여도 끝내 내 것일 순 없는데. 한 뼘이라도 더 차지하려고 무에 그리 안달했는지.

행선지를 정해놓은 것만이 여행이던가요. 이왕지사 떠난 길. 무작정 춘천으로 발길을 돌립니다. 미지의 땅이 주는 설렘은 덤이겠지요. 누가 아나요. 해 저문 소양강에서 슬피 우는 두견새 소리라도 들을지. 노랫말에서 떠올린 막연한 그리움은 소양강 언저리에 짐을 풀게 하고. 밤새 가슴을 태웠지만, 소쩍새 울음은 어디에도 없더군요.

허당을 짚고 말았습니다. 몽실몽실 피어오르는 물안개라도 볼 요량이면 첫새벽에 눈을 떠야 하거늘, 해가 중천에 와서야 일어났지요. 햇살에 뛰노는 은빛 물결로 허허로운 마음을 달랬습니다. 강변길을 가다 보면 무엇이라도 볼 수 있으려나. 미련은 다시 소양호 가는 길을 부풀게 하는데. 내비게이션이 자꾸만 자동차 전용도로로 가자 하네요. 어쩌겠어요. 고유가 시대이니 따를 수밖에요. 지나가며 스쳐 본 '소양강 처녀' 동상에 입안이 왜 그리 쓰던지. 조잡하기 이를 데 없는 그 모습이 어째 허상만을 좇은 나인 것 같아서요.

속을 알 수 없는 아득한 계곡을 몇 구비 돌았을까. 깊이를 가늠할 수 없는 소양호가 한눈에 들어옵니다. 알 수 없는 것이 어찌 이들뿐이겠습니까. 내 마음도 어제는 햇빛이었다가 오늘은 천 길 낭떠러지 어둠인 걸요. 내일이면 또 바뀌게 될지도 모르는 이 아득함은 인간의 속성을 간파한 신의 속임수일까요.

호수는 한 점 일렁임도 없어 보입니다. 저곳에 모인 물은 태생지도 성격도 천차만별일 터. 물밑은 그야말로 야단법석이겠지요. 속이야 끓든 말든 바람이야 불든 말든 꼼짝 않는 저 힘은 무엇일까요. 모자가 날아갈까 봐 쩔쩔매고 있는 내가 우습네요. 너와 내가 합친다는 건 나를 내려놓고 상대를 포용하는 것이라 했던가요. 나를 버리면 저렇게 초연할 수 있을는지요. 아집을 버리지 못한 내게는 꿈같이만 보이네요.

"세상 사람들이 모두 서로 사랑하지 않는다면, 강자는 반드시 약자를 핍박할 것이고, 부자는 가난한 자를 업신여기며, 신분이 높은 자는 비천한 자를 경시할 것이고, 약삭빠른 자는 어리석은 자를 기만할 것이다. 세상의 모든 전란과 찬탈과 원한이 일어나는 까닭은 서로 사랑하지 않기 때문이다."

묵자의 말이 생각나네요.

오늘따라 왜 이러느냐고요? 그러게 말이에요. 소양호를 바라보니 문득 요즘 회자하는 갑의 횡포가 떠올라서요.

아스라한 우듬지에서 두견인 듯 새 한 마리 날아오르네요.

〈2012. 06.〉

법은 법인기라

시간은 자꾸 가는데 차는 굼벵이 걸음이다. 앞지르기라도 하면 좋으련만 퇴근길 남편은 느긋한 표정이다. 이대로 가다 간 모임에 지각할 게 뻔하다. 급한 김에 내가 운전하고 싶은 생각마저 든다.

"단속 카메라가 없어도 과속하지 마라, 신호 위반하지 마라."

같이 차를 타고 가면 잔소리는 언제나 내 쪽이다. 하지만 오늘은 위반해서라도 빨리 가고 싶다. 조바심을 치다 보니 목도 뻐근하고 입안까지 바삭거린다. 라디오라도 들으며 마음을 진정시켜야겠다.

라디오에서 양심 없는 '식파라치' 이야기가 한창이다. 국민 건강을 보호하기 위해 만들어진 포상금제가 그들의 부업

수단으로 이용되고 있단다. 콩나물 장사로 아들 병원비 대기도 빠듯한 사람이 벌금을 물게 되었다며 울먹인다. 불량 식품은 뒷전이고 손쉬운 영세 무신고 업소만 찾아다니는 얌체족들이 많은가 보다. 심지어 그걸 업으로 삼아 몇백만 원씩 타가는 사람도 있다니 기가 찰 노릇이다. 식약청에서도 이참에 신고 포상금제를 다시 검토 중이란다.

법으로 꼼수를 부리는 사람을 보면 어김없이 그가 떠오른다. 삼십 년이 넘은 일이지만 아직도 생생하다. 대도시 양복점에서 일하다 왔다는 사람이 우리 동네에 양복점을 열었다. 솜씨가 괜찮은 편인지 늘 손님이 북적거렸다. 그는 어느 날 고향에 다녀온다며 식구들과 함께 집을 비웠다. 몇 개월 동안 감감무소식이자 가게 문을 두드리는 사람이 늘어났다. 대부분 외상값을 받으려는 사람이었다. 그중에는 연탄가게와 구멍가게로 근근이 먹고사는 이도 있었다.

그에게 세를 준 집주인은 더욱 난감했다. 월세도 못 받는 처지에 빚쟁이가 따로 없었다. 채권자들이 가게에 남아있는 옷감이라도 가져가겠다며 몰려들곤 했다. 일 년쯤 되던 어느 날, 참다못한 집주인이 가게 문을 열었다. 그러자 어디서 지켜보고 있었던 듯 그에게서 전화가 왔다. 남의 집에 허락 없이 들어갔으니 '주거침입죄'로 고발하겠다며 거액의 합의금을 요구했다.

그런 일에 판설어 경찰관 입회 없이 문 열어 준 게 잘못이었다. 합의에 응하지 않은 집주인이 형사입건되고 동네는 벌집 쑤셔놓은 듯 어수선했다. 다행히 동네 사람들의 탄원으로 구속은 면했지만 된시름을 앓았다. 그는 민사소송에도 패소하자 영영 종적을 감추어 버렸다. 훗날 채권자들이 그의 고향을 찾아갔다. 놀란 노부모가 '진즉 내친 자식이니 찾아서 죽이든지 살리든지 마음대로 하라' 더란다. 알고 보니 그는 상습범이었다. 법은 좋은 습관과 인격을 만들어주는 초석이라 했다. 그도 지금은 개과천선하였을지 모르겠다.

살다 보면 법을 잘 몰라 낭패를 보는 경우가 더러 있다. 며칠 전에 본 할머니도 그랬을 성싶다. 버스를 기다리고 있었다. 마침 오일장이라 도로변은 장꾼과 행인으로 북새통이었다. 정류장 옆에 등 굽은 할머니가 채소를 팔고 있었다. 그때 요란한 호루라기 소리와 함께 교통경찰관들이 노점상을 단속하러 나왔다. 한 경찰관이 할머니에게 다른 곳으로 옮기기를 종용했다. 버스정류장에서 몇 미터 떨어져야 하는 법을 어겼다는 것이다. 할머니는 그런 법도 있느냐며 승객들에게 불편을 주지 않으면 될 게 아니냐 했다. 달리 갈 데가 없다며 뭉그적거렸지만, 에누리가 없었다. 몇 번의 사정에도 어림없자 할머니는 체념한 듯 보따리를 쌌다. 옆자리 상인이 어떻게 하느냐며 안타까워했다. 힘겹게 일어서던 할머니가 툭 내

뱉었다.

"하지 마라 카이, 몬 하는 거 아이가. 뱁은 뱁인 기라."

조그만 끌차에 짐을 싣고 사라지는 할머니 등 뒤로 설움이 진하게 배어났다. 생전의 어머니도 저러셨을까. 자식들 교통비라도 벌겠다며 장날만 되면 푸성귀를 이고 나가셨던 어머니 생각에 콧등이 시큰했다.

노점상 할머니의 말처럼 '법은 법'이므로 당연히 지켜져야 한다. 하지만 모든 걸 법의 잣대로 행한다면 얼마나 삭막하겠는가. 모르긴 몰라도 그날 부모쯤 되는 할머니를 내몬 경찰관의 마음도 편치 않았으리라. 법을 개똥같이 여기며 떠세 부리는 이들도 있다. 힘없고 불쌍한 사람보다 그들부터 단속해야 하지 않을까. 알 만한 사람이 신문을 더럽히는 게 얼마나 많은가.

해야 하는 것과 하는 것 사이에는 틈이 생기게 마련인가. 나는 또 왜 이러나. 아직도 미련을 버리지 못하고 이리저리 살피고 있다. 빈틈이라도 생기면 얼른 새치기하라며 채근할 참이다. 자글거리는 내 마음부터 단속해야겠다.

〈2012. 03.〉

착각

갓바위에 가기 위해 버스에 올랐다. 이른 시간이라 승객 대부분이 학생들이다. 자리에 앉아 한숨 돌리는데 뒤쪽에서 이상한 소리가 들린다. 어린아이의 종알거림인가 했는데 '쿵쿵' 하는 콧소리가 제법 크다. 한 번에 그치는 게 아니다. 간헐적으로 들려오는 그 소리에 신경이 곤두선다. 잠을 청해보지만, 시간이 갈수록 입안이 바싹거리고 급기야 헛기침까지 나온다. 도대체 누굴까. 까칠해진 마음에 돌아보려다 그만둬버린다. 다들 잠자코 앉아있는데 나만 극성스러운 것 같아서다.

갑자기 쿵쿵거림이 크게 들린다. 드디어 소리의 주인공이 내리는 모양이다. 가자미눈으로 앞을 응시한다. 한눈에 보아도 장애가 역력한 자그마한 청년이 문을 나선다. 공포영화나 스릴러물에서 빠져나온 느낌이 이런 것일까. 나도 모르게 긴 한숨이 터져 나온다. 버스 안은 조금의 동요도 없이 잠잠하다. 나처럼 안도의 한숨을 쉰다든지, 하다못해 자세를 고쳐 앉는 부스럭거림조차 없다. 학생들은 이미 그가 장애인이라는 걸 알고 있었단 말인가. 참으로 가상하다. 신경을 거스를 만한 소리를 아무런 불평 없이 참아내는 성숙함이라니. 이만하면 우리나라도 선진국 소리를 들을만하다. 불편한 심사로 초조해 했던 자신이 부끄럽고, 방금 내린 청년한테 괜히 미안해진다. 머쓱함에 의자 깊숙이 몸을 파묻는다.

환승을 위해 내려야 한다. 자리에서 일어나며 무심코 버스 안을 휘둘러보다 경악을 금치 못한다. 오호라, 그래서 모두 조용했구나. 이어폰을 꽂은 채 눈을 감고 있거나, 스마트폰에 시선을 박고 있는 학생들. 바로 옆에서 무슨 일이 일어나도 관심 없다는 듯 기계 속에 빠져있다. 저 무심한 표정들이 첨단 정보화 시대를 이끌어갈 주인공이란 말인가. 소름이 돋아난다.

어쩌겠나. 내가, 우리가 저들을 키워낸 것을. 좀 전에 가졌던 희망이 착각은 아니기를 기대해 볼 수밖에는.

〈2011. 09.〉

봄바람

소소리바람에 따스함이 묻어난다. 나목들이 하나둘 기지개를 켠다. 성미 급한 나무는 벌써 꽃눈을 터뜨렸을 거다. 삼월이 코앞이다.

화분에 물을 주다 우두망찰한다. 희한한 일이다. 눈을 뗄 수가 없다. 버려둔 화분에서 튤립 알뿌리들이 새싹을 내밀며 뒹굴고 있다.

작년 봄, 백화점에서 조그만 튤립 화분을 얻어왔다. 창가에 두었더니 분홍과 노랑 꽃이 다투어 피었다. 비좁은 그릇에 만발한 꽃을 보니 기쁨보다 조마조마한 마음이 더 컸다. 아니나 다를까. 혼을 빼앗는가 싶더니 일주일도 안 되어 잎까지 말라들어갔다. 화무십일홍이라지만 꽃대까지 사그라지고 나니 헛헛함이 밀려왔다. 괜한 배신감에 미련 없이 쏟아내 버렸다.

가륵하다 못해 섬뜩하기까지 하다. 벌거벗은 채 엄동설한을 견딘 저 힘은 어디에서 오는 것일까. 아무리 저온에 강한 식물이라지만 혀를 내두르겠다. 종족보존을 위하여 죽지도 못하는 목숨이던가. 바짝 마른 흙 위에서 새 생명을 품다니. 만물의 영장이라고 하는 인간도 흉내 내지 못할 힘이다. 파릇파릇한 뿌리를 거두어 희망을 심듯 꼭꼭 눌러 둔다. 또다시 허망해질지라도 잠시나마 꽃의 화려함에 취하고 싶다.

친구한테서 전화가 왔다. 목소리가 밝은 걸 보니 마음이 놓인다. 많이 좋아졌다니 곧 식당 문도 열 수 있으리라. 서너 달을 병마와 싸워온 사람이다. 병문안 갔을 때의 먹먹함이 되살아난다. 자타가 공인하는 또순이가 차마 눈 뜨고 볼 수 없을 지경으로 누워있었다. 폐부종으로 치료를 받고 있다는데 음식을 먹지 못해 뼈만 남은 모습이었다. 그 앞에서 무슨 말을 할 수 있겠는가. 그저 등만 토닥이다 왔다.

친구는 딸과 함께 식당을 하고 있다. 타고난 부지런함으로 무엇이든 제 손으로 한다. 된장, 고추장은 물론이고 조미료와 젓갈도 직접 만든다. 요즘 같은 세상에 내 가족이 먹을 것처럼 한다는 게 쉬운 일인가. 그러자니 새벽부터 밤늦게까지 일에 매달린다. 한 번 온 손님은 거의 단골이 되어 그녀의 집은 늘 북적거린다. 부엉이살림처럼 늘어난 건 아니지만 그래도 살만하다 한다.

그녀를 보면 나는 뭐 하고 사나 싶을 때가 잦다. 혼자 힘으로 강팍한 세상을 살아내려면 마음의 여유도 없을 터인데, 남들이 흉내 내지 못하는 일을 잘도 해낸다. 자기 일도 버거울 텐데 주변의 홀몸노인들까지 돌보고 있다. 휴일이면 그들에게 반찬도 갖다 드리고 김장철에는 김치도 담아 드린다. 더러는 두 눈 꼭 감고 살아도 되련만, 참 대단하다. 이기적인 생각일지 모르지만, 이제는 자기 건강도 챙겨야 하리라. 완쾌하고 식당 문 열면 조금은 느긋하게 즐기면서 살았으면 좋겠다.

그가 큰 대자로 누워 사정없이 코를 곤다. 소리가 정점에 이르자 제풀에 놀랐는지 돌아눕는다. 잠시 조용한가 싶더니 이번엔 입이다. 입이 푸륵거릴 때마다 문뱃내가 진동한다. 듬성듬성한 머리칼은 그나마 반백이다. 불콰해진 얼굴에 골 깊은 주름살이 나잇살을 보태고 있다. 꼭 감은 눈자위에 물기가 어린다. 저 얼비치는 눈물이야말로 늙음의 실체가 아닐는지.

그는 폐선이나 다름없다. 여기저기 삐거덕거리고 덜컹거린다. 만선을 꿈꾸며 언제든 떠날 준비를 하고 있지만, 미래는 안갯속이다. 패기와 열정은 어디로 가버렸는지. 무기력만 남아 쓸데없는 과시욕을 키울 뿐이다. 한 가정을 짊어진 울타리

역도 언제 막 내릴지 모르는 연극이지 않은가. 산다는 건 방비하는 것이라는데, 준비되지 못한 노후가 마음을 바잡는다. 늙는다는 건 쓸쓸함 그 자체인지도 모를 일이다.

어느 날 그가 우울하다며 푸념을 늘어놓았다. 언제나 당당할 줄 알았는데 의외였다. 늘 자랑했던 순발력도 젊은이의 정보력에 밀려난 지 오래란다. 혼자 감당해야 할 경제와 낀 세대의 두려움이 그를 아프게 했던 모양이다. 너무 무관심했었던가. 인생은 홀로 걸어가야 할 길이라며 내 일에만 빠져 있었으니. 나만 살겠다고 돌아보지 못한 현실이 무섭게 눈을 흘긴다. 사랑은 잃어버린 반쪽에 대한 욕망이라 했다. 늘어져 있는 그를 보며 내가 진정 사랑한 것은 무엇이었을까 생각해 본다.

창문을 두드리는 바람 소리. 아직은 맵다. 저 바람 끝에 명주바람 불어올지니. 온 천지가 꽃 세상이 될 날도 멀지 않을 터. 내 조그만 뜰에도 봄바람 일렁이려나.

〈2012. 03.〉

눈꽃

낮게 내려앉은 하늘에 몸과 마음이 찌뿌듯합니다. 이런 날 집에 있으면 병만 키우기에 십상이겠지요. 오늘은 기어코 그쪽으로 가보리라, 설레는 마음으로 길을 나섭니다.

초례봉 등산로를 소개하는 글이었습니다. '동내동'이란 지명을 보고 화들짝 놀라 일어났습니다. 지난날이 빛바랜 영상처럼 떠오르며 명치끝이 아렸습니다. 나는 왜 한 번도 그곳을 생각하지 못했는지. 망각은 삶을 보호하기 위한 피난처라는 게 맞는 말이라면, 그 시절이 그만큼 아팠나 봅니다. 하지만 지나간 것은 다 귀하고 아름다운 것을. 불현듯 솟구치는 그리움에 며칠 동안 잠까지 설쳤습니다.

내가 다녔던 길은 어디로 가 버렸을까. 빽빽이 들어선 빌라와 상가에 동내동으로 들어가는 초입을 놓치고 말았습니다.

몇 바퀴 돌아 겨우 들어서니 텅 빈 마을에 찬바람만 술렁거립니다. '접근금지'라고 쓴 붉은 페인트 글씨와 비닐 금(禁)줄이 길을 가로막습니다. 이곳도 신서 혁신지구에 포함되었다더니 폐허나 다름없네요. 허물어진 담장과 떨어져 나간 문짝 너머로 삶의 부스러기들이 너풀거립니다. 어디서 도깨비라도 튀어나올 것 같아 오금이 저립니다. 바람 따라 휘적거리다 삼촌 집이었을 성 싶은 곳에 발걸음이 멎었습니다. 늙은 매화나무 혼자 꽃잎을 흩뿌리며 맞아주네요. 옛 모습은 어디에도 보이지 않습니다. 키 큰 석류나무와 무궁화, 그 무엇도 없는 곳에 망연자실 쳐다본 하늘은 여전히 회색빛입니다.

가세가 급격히 기울어진 때였습니다. 모두가 부러워하는 학교에 합격했지만 하나도 기쁘지 않았습니다. 일류여고라는 간판보다 장학금이 절실히 필요했으니까요. 공납금 고지서만 나오면 돈 꾸러 다니기 바쁜 어머니를 더는 볼 수 없었습니다. 논밭 팔아가며 딸까지 도시로 유학 보낸다는 동네 사람들의 빈정거림도 견디기 어려웠고요. 담임 선생님의 만류에도 실업계 고등학교에 다시 원서를 냈습니다. 패자인 척 시험을 보았고 소원이던 장학금을 받았습니다. 새 학기가 되자 늘 붙어 다니던 친구 중 몇이 내가 포기해버린 학교의 교복을 입고 있었습니다. 그들 앞에서 기를 쓰고 깔깔거렸습니다. 하지만 밀려드는 설움은 어쩔 수 없었습니다. 밤마다 불면증에 시달렸고, 어느 날은 코피를 한참이나 쏟아냈습니다. 보다 못한 언니가 삼촌 집에서 다니지 않겠느냐는 제안을 했습니다. 나는 서둘러 동내동으로 짐을 옮겼습니다.

복사꽃이 흐드러지게 피어있었습니다. 쪽빛 물 이랑을 이루는 보리밭 너머 실개천이 흐르고 조그만 징검다리가 놓여있었습니다. 개천을 따라 이어진 풀밭에서 수많은 풀꽃이 하늘거렸습니다. 넓은 들 한복판의 고향과는 사뭇 다른 분위기였습니다. 포도나 복숭아 같은 과실나무가 많았고, 마을 뒤 동곡 저수지와 초례봉은 산촌 풍경을 자아냈습니다. 대구 근교라지만 가난한 농촌이었고, 화초를 키우는 집이 많아 아름다운 마을이었습니다.

이곳에서의 생활은 외롭고도 달콤했습니다. 숙모와 사촌 동생이 잘 대해주었지만, 내 부모 형제는 아니었으니까요. 하여, 오늘은 어린 왕자로 내일은 줄리엣을 꿈꿀 수 있었는지도 모르겠습니다. 개울가 풀밭도 좋은 친구였습니다. 포근하고 아늑하여 옹이진 마음을 부려놓기에 안성맞춤이었지요. 행운을 찾겠다며 저물녘까지 퍼질러 앉아있을 때도 잦았습니다. 운 좋게 책갈피에 네 잎 클로버라도 끼워 넣은 날이면 나비가 되어 훨훨 날아다니는 꿈을 꾸기도 했지요. 이듬해 봄 자취할 때까지 이곳에서 학교에 다녔습니다. 우리 집이나 여기나 피곤하기는 매한가지였으나, 이곳에 머문 건 알량한 자존심 때문이었겠지요. 내가 떠나고 몇 년 후 삼촌 댁도 이사하였습니다. 그리고 까맣게 잊어버렸습니다.

얼마 전 숙모님한테서 전화가 왔습니다. 신서 혁신지구 덕택에 친정에서 유산을 좀 받았다며 밥 한 끼 사겠다는 말씀이었습니다. 땅 부자였던 숙모님 친정은 보상금을 많이 받았나 봅니다. 이곳을 떠난 사람들이 모두 그와 같았으면 얼마나 좋을까요. 어디에나 빛과 그림자는 있게 마련일 터. 오로지 집 한 채와 논밭에 의지해 살았을 사람이 더 많았겠지요. 아직도 펄럭이는 개발반대 현수막에 눈길이 갑니다. 그들의 울음인 양 바람이 불 때마다 윙윙거리네요. 그래도 여기는 화염병이나 물대포 흔적은 없어 보입니다. 이곳 사람들, 최선의 방어는 공격이라는 것조차 생각하지 못한 건 아닐까요. 자연에 기대어 살다 보면 순진무구할 수밖에 없을 테니까요.

전쟁터를 방불케 하는 이곳에도 봄은 절정입니다. 노란 민들레가 지천이네요. 몇몇은 금방이라도 꽃술을 터뜨릴 기셉니다. 쓰디쓴 즙을 안고 납작 엎드려 살아가는 민들레. 그들은 아무리 짓밟혀도 죽지 않고, 어디를 가든 쉽게 뿌리를 내린다지요. 시련도 죽음처럼 삶의 빼놓을 수 없는 한 부분이라면, 이곳 사람들 잘 살고 있겠지요. 인간은 어떤 환경에도 적응할 수 있다고 했으니, 분명 그렇겠지요.

　후드득 빗방울 떨어지는 소리. 놀란 듯 날아오르는 하얀 꽃술. 빗방울 사이로 어룽거리는 눈꽃들이 환합니다. 저기 좀 보세요. 눈꽃 속에 이곳 사람들이 보이지 않나요. 저기, 저기요.

〈2009. 04.〉

내안에 갇혀서

　헤어진 첫사랑을 만난들 이만큼 반가우랴. 겨우 한 시간여의 이별이었건만 두 손에 모아 쥐고 연신 입맞춤이다. 내가 생각해도 가관이다.

　동호회 회원들과 경주 남산에 올랐다. 삼릉계곡에 모여 상선암을 거쳐 금오산 정상에서 되돌아오기로 했다. 등산을 예상치 못한 정장차림의 지인이 자꾸만 꽁무니를 뺐다. 자신 없기는 나도 매한가지라 둘이서 쉬엄쉬엄 가기로 했다. 갈수록 선두와 멀어지자 첫 마음과 달리 죽기 살기로 오르지 않을 수 없었다. 온몸이 물에 빠진 생쥐가 될 즈음에야 정상에 닿았다. 심호흡 한번 하고 자리를 잡아 김밥을 먹으려는데 일행들은 벌써 하산할 낌새였다. 꼴찌의 설움을 투덜거릴 새도 없이 자리를 떴다.

내려오는 길은 언제나 여유롭다. 산 아래로 눈을 돌리니 무르익은 가을 들판이 그대로 한 폭의 그림이다. 올라갈 때는 보이지 않던 불보살이 앞다투어 시선을 사로잡는다. 천 년의 풍상에도 변함없는 마애석불 좌상은 해탈한 듯 편안해 보인다. 좀 더 내려오자 목 잃은 불상이 발걸음을 붙잡는다. 처연하게 서 있는 불상을 넋 놓고 바라본다. 보이지 않는 얼굴이 인간의 욕심을 나무라는 것 같아 저절로 고개가 수그러든다. 어쩌면 결핍과 상처가 삶을 이끄는 원동력인지도 모를 일이다.

저만치 삼릉의 굽은 소나무가 보일 즈음이다. 지나가는 사람의 휴대전화 소리가 유별나다. 나도 모르게 손이 호주머니로 간다. 아무것도 잡히지 않는 밋밋함에 온몸의 촉수가 일시에 일어난다. 다시 양쪽 호주머니를 만져보고 급기야 배낭까지 뒤진다. 마땅히 있어야 할 전화기가 없다. 지인의 전화기로 신호를 보내 봐도 묵묵부답이다. 순간 눈앞이 캄캄해지며 등줄기에 식은땀이 흐른다.

마지막으로 전화한 게 언제였더라? 그래, 상선암을 올랐을 때 앞서 간 사람과 통화했었지. 주머니가 얕아서 무얼 넣으면 꼭 지퍼를 채우는데 방금 손 넣었을 때는 열려 있었다. 산행 중에 떨어뜨렸을까? 내 뒤를 바싹 붙어 따라온 동료가 못 봤을 리 없을 텐데. 그럼 금오산 정상에서 잃어버렸나? 잠시지만 뒤쪽으로 약간 기울어진 풀밭에 앉아 있지 않았던가. 그곳에 떨어졌다면 눈에 띈다거나 소리가 나지 않았을 수도 있겠다.

온갖 생각이 일어났다, 사라졌지만 어디서 잃어버렸는지 도통 생각이 나지 않는다. 삼릉 솔숲에서는 보물찾기가 한창이다. 하지만 내 마음은 여전히 휴대전화기에 가 있다. 정상에서 잃어버렸다 해도 여기서 그곳까지 얼추 두 시간이다. 지친 다리로 다시 올라갈 수 없을뿐더러 꼭 그 자리에 있다는 보장도 없다. 전화기를 바꾼 지 이틀 만에 이 무슨 변고란 말인가.

얼굴은 마음의 거울이라 했던가. 답답한 심사가 얼굴에 나타났나 보다. 전화기를 찾는 데 합세한 친구가 회장께 말해보라며 부추긴다. 지푸라기라도 잡고 싶은 심정이었을까. 그 말이 나오자마자 나는 벌써 전화기 얘기를 쏟아내고 있다. 생각보다 말이 앞지르는 게 문제다. 분위기를 망칠 수 있겠다는 생각에 '아차' 했지만 이미 때는 늦었다. 회장은 정상에서 잃어버린 게 확실하다면 자기가 가보겠다고 한다. 몇몇은 내 번호로 신호를 보내본다. 설왕설래, 어수선해지자 비싼 게 아니라면 포기하는 게 어떻겠느냐는 말도 나온다.

흔하디흔한 게 휴대전화기니 이쯤 해서 놓아버리는 게 맞을지도 모른다. 잃어버린 전화기도 딸이 쓰던 것이라 그리 아까울 건 없다. 그전에 쓰던 것이 집에 있으니 복원하면 된다.

하지만 전화기에 어디 전화번호만 있다더냐. 남의 집 주소며 은행 계좌번호, 심지어 내 일정표까지, 수첩에 있어야 할 것들이 다 들어 있다. 전화기를 잃어버린다는 건 곧 나를 잃는 것이나 다름없지 않은가. 어쩌다 휴대전화기를 집에 두고 나선 날은 무인도에 혼자 내버려진 것처럼 불안한 것도 그 때문이리라. 우리가 언제부터 휴대전화기를 썼다고 이러는지. 편리함을 내세운 문명의 이기에 내가 도리어 노예가 되어버린 것 같아 씁쓰레하다.

인연이 아닌 것은 빨리 놓아버리는 게 상책일 터. 고심 끝에 잊어버리기로 작정한다. 마음이 그렇게 편할 수가 없다. 그제야 막걸리를 주거니 받거니 하는 동료가 눈에 들어온다. 나도 한잔해야겠다며 앉으려는데 '드르륵, 드르륵' 왼쪽 팔 안쪽에 진동이 느껴진다. "억, 이게 뭔 소리지?" 후다닥 일어나 가슴께를 살핀다. 맙소사, 생각하지도 못했던 윗주머니 속에서 전화기가 온몸으로 울어댄다. 그때야 상선암에서 윗옷을 벗어 허리에 묶었던 기억이 떠오른다. 전화한 후 허겁지겁 좇아가느라 아래위를 살필 겨를도 없이 아무 데나 손 닿는 데 넣었던 모양이다.

우리 마음은 평소에 하던 버릇대로 따라가려는 관성이 있다. 옷을 산 이래 윗주머니는 한 번도 사용하지 않았으니. 그곳은 꿈에도 생각 못 했다. 아래 주머니와 가방만 줄기차게 더듬은 꼴이라니. 내 안에 갇혀서 내가 보고 싶어 한 것만을 보며 살아온 셈이다. 어설픈 삶의 단면을 들킨 것 같아 얼굴이 화끈 달아오른다.

그래도 반가운 마음은 어찌할 수 없는지. 터져 나오는 웃음을 감출 길 없다.

〈2011. 10.〉

선생님

편지를 덮으며 눈을 감았습니다. 가슴이 두근거리며 얼굴이 달아올랐습니다. 선생님도 내가 보고 싶다고 하셨습니다.

"답장 보낼 때 최근에 찍은 사진 한 장 보내다오. 얼마나 컸는지 보고 싶구나."

주체할 수 없는 그리움을 안고 강변으로 달렸습니다. 강물을 바라보며 선생님처럼 물수제비를 떴습니다. 돌은 조그만 파문을 일으키며 금방 물속으로 들어가버렸습니다. 환하게 웃으시는 선생님을 그려보았습니다.

중학교 입시가 코앞으로 닥친 때였습니다. 수업이 끝나자 선생님과 나는 강으로 향했습니다. 서로에게 필요한 돌을 잔뜩 주워 모았습니다. 돌멩이를 쌓아놓고 우리는 강으로 던졌습니다. 나는 동그란 돌을 힘껏 던졌고, 선생님은 납작한 돌로 물수제비를 떴습니다. 찬바람에 손을 호호 불면서도 돌을 던졌습니다. 처음부터 그렇게 한 것은 아니었습니다. 중학교에 원서를 낸 뒤 운동장에서 혼자 공을 던졌습니다. 아무리 던져도 선생님께서 그어놓은 선까지는 어림도 없었습니다. 다른 아이들은 다 놀고 있는데 나만 연습하려니 짜증이 났습니다. 선을 넘길 때까지 매일 연습하라는 선생님 말씀에 억지로 한 것이었습니다. 어느 날, 친구들과 놀다 그냥 집으로 와버렸습니다. 이튿날 선생님은 아무 말씀 없이 강변으로 향했습니다.

중학교에 원서를 내기 전날이었습니다. 학교에 오자마자 아버지가 주신 편지를 선생님께 내밀었습니다. 아버지는 편지에 아들도 아닌 딸을 큰돈 들여가며 대도시로 보낼 필요가 없다고 쓰셨을 것입니다. 그날 오후에 선생님께서 우리 집을 찾으셨습니다. 선생님은 나를 대구의 모 여중에 보내고 싶어하셨습니다. 아버지는 승낙해주시지 않았습니다. 그러자 선생님께서 "어르신은 딸부자시니 셋째 딸은 제게 주십시오. 제가 공부시켜서 시집보내겠습니다."라며 물러서지 않았습니다. 할 수 없이 아버지도 두 손을 들었습니다. 다음날부터 공 던지기 연습에 들어갔습니다. 팔심이 약했던 나는 멀리 던지기를 잘하지 못했습니다. 행여 체육 점수로 시험에 떨어질까 봐 선생님이 내린 처방이었습니다.

입학시험 날, 언니와 첫 기차를 탔습니다. 다른 아이들은 선생님과 미리 대구에 가 있었습니다. 딸자식을 여관에 재울 수 없다는 아버지 때문에 나는 그들과 함께하지 못했습니다. 그날따라 통근차가 제시간에 닿지 못했습니다. 교문 앞에서 수험표를 들고 기다리던 선생님은 발을 동동 굴렀습니다. 학교에 도착하자마자 선생님과 달렸습니다. 선생님은 교실 앞에서 호주머니에 엿을 한 움큼 넣어주시며 말씀하셨습니다.

"쉬는 시간에 이 엿 꼭 먹어라. 그래야 엿처럼 착 달라붙지. 마음 편하게 먹고."

교실에 들어서자마자 시작종이 울렸습니다.

중학생이 되자 선생님과 멀어졌습니다. 어쩌다 초등학교 앞을 지나다 선생님과 마주칠 때면 바보처럼 그대로 달아나 버렸습니다. 왜 그렇게 부끄러워했는지 모르겠습니다. 어느 날 같은 학교 선생님인 친구 아버지로부터 심한 꾸지람을 들었습니다. 나를 딸처럼 생각하며 아꼈는데 내가 외면해버려 많이 섭섭해하시더라 했습니다.

죄송한 마음에 어쩔 줄 모르다 편지를 썼습니다. 그때부터 선생님과 편지를 주고받았습니다. 이듬해 서울로 자리를 옮기신 선생님은 그곳 아이들에 관한 이야기를 전해주셨습니다. 내 편지를 받을 때마다 보람을 느낀다면서 퀴리 부인처럼 당당하게 살라 하셨습니다. 편지가 늘어갈수록 나도 모르게 사모의 정도 깊어갔습니다. 밤마다 선생님 생각에 가슴을 태웠습니다. 당장에라도 선생님께 달려가고 싶은 마음을 누르고 눌렀습니다.

아무리 찾아도 그럴듯한 사진이 없었습니다. 중학교 입학 때 찍어둔 증명사진은 형편없이 못나 보여 드릴 수가 없었습니다. 소풍 가서 친구들과 찍은 사진도 마음에 들지 않았습니다. 사진관에 가서 최고로 멋지게 찍어 보내리라 마음먹었습니다. 그러나 그건 쉽지 않았습니다. 사진 때문에 선생님께 드리는 편지가 자꾸만 늦어졌습니다. 기말고사를 치르고야 답장을 썼습니다. 방학이 끝날 때쯤 근사하게 찍은 사진을 보내드리겠다고 약속했습니다.

기다려도 기다려도 우체국 아저씨는 오지 않았습니다. 내 편지를 받으시면 즉시 답장을 보내주신 선생님이었는데 애가 탔습니다. 사진을 보내지 않아 화나신 것일까, 아니면 어디 편찮으시기라도 한 건가. 오만 가지 생각에 잠을 이룰 수 없었습니다. 불면의 밤이 길어지고 기다림에 지쳐갈 즈음 편지가 왔습니다. 하지만 그건 내가 쓴 편지였습니다. 누군가 겉봉에 빨간 글씨로 '김 선생님은 얼마 전 미국에 이민 가셨습니다.' 고 써 놓았습니다.

눈물이 비 오듯 쏟아졌습니다. 어떻게 말 한 마디 없이 그먼 나라로 가실 수 있는지 이해할 수 없었습니다. 내가 보고 싶다는 말씀은 거짓이었나 싶으니 더욱 서러웠습니다. 다시 강변에 섰습니다. 강물은 말없이 흐르기만 했습니다. 돌멩이를 주워 힘껏 던졌습니다. 동심원을 이루며 저 혼자 너울거리던 물은 이내 잠잠해졌습니다. 가슴 속에서 싸하니 바람 한 자락 빠져나갔습니다.

오십 년이 훌쩍 흘러가버렸습니다. 선생님은 차마 어린 제자한테 이민 간다는 소리를 할 수 없었을 테지요. 사춘기 소녀의 가슴을 그리도 애태우게 하셨던 선생님. 뵙고 싶습니다. 고마움을 담아 큰절 한번 올리고 싶습니다.

〈어릴 적 이야기〉

5 부
어머니 따라하기

선불교의 육조 혜능 스님은 부지런히 마음을 닦겠다는 신수에 맞서 "본래 아무것도 없는데, 어디에 먼지가 모이겠는가."라 했다. 왜 닦아야 하는지도 알지 못한 채, 그저 닦는 것에만 급급한 것을 두고 한 말이란다. 고승도 그러할진대 하물며 어리석은 중생임에랴. 청소가 내 업을 닦으려는 방편인지조차도 모른 채, 나는 오늘도 먼지 닦기에 급급하다.

청소

내 인생은 청소하다가 끝날지도 모르겠다. 오늘도 걸레를 들고 구석구석을 훔친다. 먼지와 나의 숨바꼭질은 해도 해도 끝이 없다. 그 몸으로 지금도 청소하고 있는 게 아니냐는 딸의 전화에 움찔했다. 이게 나란 사람이다.

청소는 나의 일상에서 둘째가라면 서러워할 만큼 중요하다. 작은 눈에 먼지는 어찌 그리 잘 보이는지. 딸네 집에 가서도 가만히 있지 못한다. 언젠가 거기에서 꼬박 이틀을 청소로 보냈다. 나중에는 온몸이 쑤시고 아팠다. 서울까지 와서 이게 무슨 꼴이냐 싶어 화가 났다. 아들 집에 가면 길거리에서 죽고, 딸 집에서는 싱크대 앞에서 죽는다더니 내가 그 짝 나겠다. 급기야 정리정돈을 잘 못하는 딸한테 잔소리를 퍼부어 댔다.

어릴 때 비질 소리에 잠을 깨곤 했다. 잠자리에서 일어난

아버지가 제일 먼저 하신 일은 마당 쓰는 일이었다. 넓은 흙마당엔 돌멩이 하나, 검불 하나 눈에 띄지 않았다. 어머니는 아침마다 뭐 그리 쓸 게 있느냐며 잔소리를 하셨다. 그렇지만 당신 또한 만만찮았다. 어머니 때문에 눈뜨자마자 툇마루부터 닦아야 했다. 바쁠 때는 그것도 큰일이었다. 하기야, 그 전날 아무리 깨끗이 닦아 놓아도 아침이면 먼지가 뽀얗게 쌓여 있었으니. 아침저녁으로 걸레를 잡을 수밖에 없기도 했다.

툇마루뿐이면 그래도 괜찮다. 방이건 대청마루건 하루 두 번은 어김없이 쓸고 닦았다. 우리 집에서 닳아 없어진 걸레만도 수월찮지 싶다. 방학 때마다 방 닦고 걸레 씻는 일이 지긋지긋했다. 하루쯤은 아니, 한 번쯤은 걸러도 되련만 어림없었다. 덕분에 농삿집답지 않게 늘 반들거렸지만, 그게 꼭 좋았다고는 할 수 없을것 같다. 방학 때야 우리가 감당했다손 치더라도 평상시엔 어머니 몫이었으니. 농사일에 청소까지, 참으로 힘드셨을 것이다. 어머니는 일찍부터 허리를 못 펴고 꼬부라지셨다. 그러다 칠순도 안 되어 돌아가셨다. 어머니가 그리되신 것에 청소도 한몫했던 건 아니었을까.

언제부터인지 나도 청소하는 게 습관이 되었다. 그날 몫의 청소를 하지 않으면 뒤보고 닦지 못한 것처럼 찝찝해서 견딜 수 없다. 옆집이야 뭐라 하든 말든 한밤중이라도 청소기를 돌리고 걸레질을 해야 속이 후련하다. 전에는 이런 내가 유별나게 생각되지 않았다. 아침에 일어나서 세수하듯이 집 청소하는 건 당연하지 않은가. 결혼하자 식구들이 매일 쓸고 닦는 걸 못마땅하게 여겼다. 물이 너무 맑으면 고기가 모이지 않는 법이니 조금은 느슨하게 살라 했다.

남편과 아이들한테 가장 많이 듣는 말이 '청소 그만하라'다. 심지어 시부모님까지 대충하라며 나무라신다. 나도 그러고 싶다. 간혹 몸이 좋지 않을 때는 눈 딱 감고 내버려둘 때도 있다. 하지만 그런 날은 좀체 잠을 이루지 못한다. 어디서 벌레라도 튀어나올 것 같고, 불빛에 아른거리는 먼지가 금방이라도 입속으로 날아들 것만 같다. 이리저리 뒤척이다 결국에는 걸레를 집어 들고 만다.

일요일 이른 새벽에 집을 나선 날이었다. 어쩌다 보니 해거름에야 현관에 들어섰다. 저녁밥도 먹지 않았는데 방 안 가득 이불이 펼쳐져 있었다. 누가 아프기라도 한 건가? 텔레비전에 매달려있는 남편과 아들은 멀쩡해 보였다. 추운 겨울도 아닌데 왜 벌써 이불을 깔아놓았느냐고 물었다. 남편 말이 가관이었다.

"이렇게 이불을 쫙 깔아 놓아야 청소를 못 할 게 아니냐. 오늘은 제발 그냥 넘어가자"

그래, 자기들이 꿈속에서 헤맬 때 내가 걸레 들고 돌아다닌 걸 어찌 알겠나. 한바탕 웃어 젖혔지만, 꽉 막힌 나를 돌아보지 않을 수 없었다.

왜 이렇게 청소에 집착하는지 모르겠다. 내가 걸레를 놓지 못할 만큼 닦아야 할 일이 많다는 것일까. 밴댕이 소갈머리 탓에 남한테 못할 짓이라도 한 건지. 아니면 전생에 지은 죄가 막중한 건지. 그렇다면 청소가 아닌 마음부터 닦아야 하지 않을까. 어쩌면 그런 깜냥도 못 되니 걸레질이라도 하라는 걸까. 선불교의 육조 혜능 스님은 부지런히 마음을 닦겠다는 신수에 맞서 "본래 아무것도 없는데, 어디에 먼지가 모이겠는가."라 했다. 왜 닦아야 하는지도 알지 못한 채, 그저 닦는 것에만 급급한 것을 두고 한 말이란다. 고승도 그러할진대 하물며 어리석은 중생임에랴. 청소가 내 업을 닦으려는 방편인지조차도 모른 채, 나는 오늘도 먼지 닦기에 급급하다.

요즘은 그래도 할 만하다. 얼마 전 사고로 다리를 다쳤을 때 큰딸이 사다 준 효도 의자 덕분이다. 앉은뱅이 의자에 바퀴가 있어 다리가 불편해도 걸레질하기 편하다. 옛날에도 이런 게 나왔더라면 얼마나 좋았을까. 관절 약을 달고 사셨던 어머니 생각이 절로 난다. 그나마 내 딸은 못난 이 엄마를 닮지 않았으니 다행이라 할까.

〈2012. 10.〉

고향 냄새

햇살이 옅어진 걸 보니 가을도 끝물이다. 창가에서 해바라기 하던 늙은 호박 몇이 무료한 듯 졸고 있다. 호박을 보니 입안 가득 군침이 돈다. 이맘때 먹는 음식으로 호박범벅만 한게 또 있을까.

호박범벅은 내게 어머니요, 그리움이다. 엉덩짝만 한 호박이 지천으로 뒹굴면 어머니는 커다란 가마솥에다 범벅을 끓이셨다. 껍질 벗긴 호박을 썰어 넣으시고 아궁이에 불을 지핀다. '타다닥 타다닥' 잘 마른 짚이 소신공양을 즐기면, 동솥의 검정콩과 팥도 적당히 익어간다. 호박이 흐물흐물해지면 콩과 팥을 넣고 찹쌀 가루를 솔솔 뿌린다. 그때부터 죽이 다 될 때까지 주걱으로 계속 저어야 한다. 그렇게 만들어진 음식으로 우리는 키를 키웠고 추억을 만들었다.

가을 들판은 아이들의 훌륭한 놀이터였다. 쌓아놓은 짚더미와 허수아비. 티 없이 맑은 음력 시월 상달과 겨울을 재촉하는 바람 소리. 이들과 어울려 놀다 보면 달은 휘영청 중천에 올라있고 뱃속은 어느새 꼬르륵거린다. 그때 툇마루에 놓여있던 호박범벅과 무김치의 절묘한 맛이란. 그런 날은 꿈마저 달콤하였다. 호박범벅에는 매콤한 깍두기가 제격이었다. 아기 무의 아삭거림과 풋내가 가시지 않은 무청의 쌉쌀한 맛은 물리기 쉬운 음식을 살려내기에 충분했다.

어머니는 호박범벅과 함께 '모둠시리'라는 떡도 하셨다. 햇찹쌀에다 콩과 팥, 밤 대추를 넣어 만든 찰떡이었다. 시월 중순의 동생 생일에 주로 해먹었는데, 온 동네 사람들에게 나눠 줄 만큼 많은 양을 하셨다. 수확을 끝내고 해먹는 음식은 풍요와 안식이 들어 있다. 동지팥죽이나 설날에 먹는 떡국과는 질이 다르다. 거기에는 하릴없이 나이를 보태야 하는 아쉬움과 더 나은 내일을 꿈꾸는 이중성이 있지만, 이들에게는 결실의 기쁨과 안온한 휴식이 있을 뿐이다.

얼마 전 영양 주실 마을을 다녀왔다. 기실 내 마음을 사로잡은 건 형형색색으로 반짝이는 단풍이나 조지훈 문학관이 아니었다. 노르스름한 벼 이삭 사이로 두 팔을 벌리고 서 있는 허수아비. 여기저기 뒹구는 누런 호박에 가슴이 부풀어 올랐다. 얼마 만에 보는 풍경이더냐. 고향 냄새에 눈물이 날 지경이었다.

　내 고향은 지금 어떤가. 황금 물결을 자랑하던 들녘은 하얀 비닐 천지가 되어버렸다. 기름진 논, 볏짚 낟가리는 어디로 갔는지. 펄럭이는 비닐 사이로 포도나무의 마른기침만 요란하다. 더 높은 수확의 기쁨은 있을지 몰라도 모든 걸 감싸주던 푸근함이 없다. 왠지 허전하고 막막하여 그곳을 지날 때면 눈 감아 버릴 때가 많다. 부모님께서 계시지 않으니 더욱 그러하겠지만, 옛 모습을 볼 수 없다는 아쉬움도 크리라.

　찬바람이 옷깃을 여미게 하는 계절이다. 곧 겨울이 닥쳐오리라. 오늘 저녁에는 저 호박으로 범벅이라도 끓여야겠다. 어릴 때처럼 아무런 걱정 없이 포식이라도 하고 싶다. 누가 알겠는가, 행여 몽매에도 못 잊을 어머니를 만나게 될지.

〈2008. 11.〉

쓸데없이

불안하여 오금이 저린다. 고속도로라 되돌아갈 수도 없다. 전조등을 켰지만 바로 앞차도 보이지 않는다. 운전석의 남편도 굳은 표정이다. 이런 날씨에 외손자까지 타고 있으니 왜 아니겠는가.

차창에 부딪히는 빗소리가 한여름 소나기 같다. 아침부터 추적거리더니 그예 양동이로 들이붓 듯한다. 차 안은 회색빛 하늘보다 더 무겁다. 가라앉은 분위기를 바꾸려 과일을 깎는다. 아무렇지도 않은 듯 우스갯소리로 너스레도 떨어본다. 남편은 그러는 내가 도리어 부담스러운가 보다. 신경 쓰지 말고 잠이나 자란다. 이 상황에 잠이라니. 옆에서 브레이크를 밟을 때마다 다리에 힘이 들어가는구먼.

인근에 살던 딸이 서울로 이사했다. 연년생을 둔 처지라 살림이 정리될 때까지 형은 내가 맡기로 했다. 형이라지만, 두 돌을 갓 지난 어린 아기다. 서너 달이라도 봐 주면 좋겠는데 마음만큼 쉽지 않다. 연만하신 시부모님을 찾아뵙지 못하니 죄인이요. 현관문만 여닫아도 제 어민 줄 알고 쪼르르 달려나가는 아이가 안쓰러웠다. 결국, 열흘 만에 외손자를 데려다 주러 가는 길이다.

사돈과 내가 교대로 봐 줘도 끙끙대는 딸이다. 직장도 다니지 않으니 손끝만 야무지면 반들반들 윤기나게 해놓고 살 만한데. 나를 닮아서인지 만날 보면 각다분해 보인다. 하기야 쌍둥이나 다름없는 두 아이가 좀 별나야지. 아직 동생의 존재를 인정하려 들지 않는 큰아이의 시샘이 이만저만 아니다. 하나를 달래놓고 나면 또 하나가 울음보를 터뜨리니 전쟁터가 따로 없다. 이제 자주 들여다볼 수도 없게 되었으니. 생각만 해도 잠이 오지 않는다. 나도 점차 어머니를 닮아가는 것인지.

어머니도 그랬다. 결혼하여 첫 친정 오기까지 밤마다 잠을 못 이루었다고 하셨다. 시집보낼 때 고무장갑 넣는 걸 깜박했는데 괜찮았냐. 내복도 없었을 텐데 추워서 어떻게 했느냐. 친정 온 나를 붙들고 묻고 또 물으셨다. 객지로만 나돈 딸이 못 미더웠는지, 살림살이를 가르치지 못한 것에 아쉬워하셨다. 별걱정을 다 하신다며. 알아서 잘하고 있으니 안심하시라

하면서도 어머니의 관심이 싫지는 않았다. 말은 안 했지만, 그때 참 많이도 울었다.

시댁은 동네에서 한참 떨어진 사과밭 집이었다. 전기밥솥과 석유풍로 때문이었는지, 열 명이 넘는 식구들 밥은 문제도 되지 않았다. 대신에 불을 때어 진돗개 밥을 끓여야 하는 것이 내겐 큰 숙제였다. 가지치기한 사과 나뭇가지를 때었는데 왜 그리 불씨가 일어나지 않는지. 때마다 아궁이에 머리를 박으며 불어대었다. 끝내 연기만 풀풀 나며 불이 붙지 않으면 초등학생인 시누이를 부르곤 했다. 농삿집에서 자란 사람이 불도 하나 못 때어 쩔쩔맸으니 얼마나 민망했겠는가. 해거름만 되면 개밥 때문에 가슴이 조였다.

나는 결혼하자마자 남편과 떨어져 살았다. 낯가림이 심한 탓으로 식구들과 금방 친해지지 않았다. 혼자 내버려진 것 같은 설움에 조금만 힘들어도 목이 메었다. 그렇다고 식구들 앞에서 훌쩍일 수도 없는 일. 저녁마다 개밥 끓이는 솥단지 앞에서 연기를 핑계 삼아 눈물을 쏟아내었다. 어쩌면 그 연기 덕분에 탈 없이 시집살이할 수 있었던 건지도 모를 일이었다.

산다는 일이 마음만큼 쉬운 일이던가. 때로는 목 놓아 울고 싶을 때도 있느니. 속내를 들키지 않고 풀어낼 길을 찾아야 하리라. 나는 외로운 시집살이를 연기 속에 묻을 수 있었지만, 내 딸은 무엇으로 타향살이의 어려움을 덮고 살는지. 딸

생각에 어젯밤에도 잠을 설쳤다.

"혼자 놔두면 잘할 텐데, 쓸데없이 걱정은."

남편한테 지청구를 듣고서야 마음을 고쳐먹었다. 이제 내 손을 떠난 자식이다. 저도 홀로서기를 해야 하지 않을까. 살다 보면 매운맛도 보고 주저앉고 싶을 때도 있는 법. 매번 나서서 도와주지 못할 바에야 내버려두는 것도 나쁘지 않으리.

뒤돌아보니 아이는 얌전히 자고 있다. 바깥 사정은 아랑곳없다는 듯 평화로운 얼굴이다. 녀석이라도 자고 있으니 얼마나 다행인가. 행여 울며 보채기라도 한다면 엎친 데 덮친 꼴이 된다. 귀여운 녀석. 오늘 데려다 주면, 보고 싶은 마음에 한동안 몸살을 앓지 싶다.

악천후에도 차는 용케 제 속도로 달리고 있다. 꿈속에서 엄마 아빠를 만나기라도 한 걸까. 잠자는 아이의 얼굴에 배시시 웃음이 번진다. 아무 일도 일어나지 않건만, 쓸데없이 용쓰느라 온몸이 뻐근하다.

〈2008. 04.〉

누항사陋巷詞

내 안의 욕망을 잠재우려 누항사陋巷詞를 읽는다.

> 길흉화복을 하늘에 부쳐두고
> 누항 깊은 곳에 초막을 지어놓고

얼마나 자유로운 삶인가. 노계 선생은 어리석고 세상 물정 어둡기는 나보다 더한 이가 없다고 했지만, 이만큼 달관한 이가 몇이나 될까. 그분의 발자취를 더듬다 보면 나도 닮아지려나. 땡볕을 무릅쓰고 서원으로 향한다. 영천에 적을 두고 있지만, 한 번도 가보지 못했다. 이정표에 의지해 따라가니 복숭아밭 사이로 나지막한 기와집이 보인다. 서원은 조그만 농로가 끝나는 산속에 숨듯이 앉아 있다. 어찌 이리도 적막강산일까. 그 흔한 매미 소리조차 들리지 않는다. 더위에 늘어진 나뭇잎만 간간이 불어오는 바람에 살랑댈 뿐이다.

　아무도 없을까. 몇 번을 두드려도 꽉 잠긴 대문은 열릴 기미가 없다. 깨금발을 해 보지만, '도계서원'이란 현판만 보일 뿐이다. 뒤쪽에 자리한 사당도 서원을 통해야 들어가게 되어 있다. 우편함을 보니 '서원에 볼일 있으신 분은 종가로 연락 주세요.'란 종이가 붙어있다. 얼른 전화번호를 눌렀으나 결번이다. 서운한 마음에 서성이지만, 서원은 끝내 묵묵부답이다.

　유물관으로 발길을 돌린다. 이곳은 다행히 자물통을 채워 놓지 않았다. 방심하며 문을 밀고 들어서다 기겁하여 넘어질 뻔했다. 머리와 얼굴에 온통 거미줄이다. 거미란 놈이 기다렸다는 듯 달려들 것만 같다. 한 발짝도 들어서지 못하고 염탐꾼처럼 이리저리 눈만 굴린다. 잡초 무성한 마당 너머로 누더기를 걸친 벽이 가슴을 헤벌리며 웃고 있다. 그 옆에는 문짝 하나가 벽을 베고 누운 채 덜렁거린다. 한낮인데도 등골이 오싹하다. 이곳 역시 아무것도 보여줄 수 없다는 눈치다. 처음부터 무엇을 얻겠다고 달려든 게 잘못인지 모르겠다.

　도계서원은 노계 박인로 선생을 기리기 위해 그를 흠모하는 유생들이 세웠다 한다. 이곳에서 태어난 박인로는 임진왜란 때 수군으로 종사한 무신이었다. 말년에 독서와 시작詩作에 몰두하여 9편의 가사와 67편의 시조를 남겼다. 조선의 가사 문학은 송강에서 시작하여 노계에서 꽃피웠고, 고산에서 시조로 열매 맺었다고 한다. 송강이 정치적이고 도교적 성향이라면, 고산은 사대부가에서 자연을 노래했고, 노계는 스스로 농사를 지으며 삶의 가치와 생활인의 정서를 담았다 하리라. 평생을 궁핍하게 살아온 그의 시 곳곳에는 우국충정과 안빈낙도가 절절히 배어 있다.

허한 마음 다독이며 노계 시비 盧溪 詩碑를 돌아본다. 비석엔 학창 시절에 배운 〈조홍시가早紅柿歌〉가 새겨져 있다. '반 중 조홍 감이 고아도 보이 나다.' 그때는 아무런 감흥 없이 달달 외우기만 했다. 어버이는 부재로서 존재가치를 확연히 드러내는 것일까. 조홍시가를 보자 콧등이 시큰해진다.

망연히 서 있다 서원을 관리하는 원모제로 들어선다. 꾸덕꾸덕한 걸레를 보니 반가움이 앞선다. 누군가 발걸음을 한 모양이다. 저만큼 모퉁이에 노란 나리꽃 몇이 손을 흔든다. 필시 저들도 사람이 그리울 터. 자리를 뜨지 못하고 툇마루에 걸터앉는다. 빛바랜 마루를 보니 어릴 적 한때가 어른거린다.

겨울방학이었을 게다. 언 손을 호호 불며 아버지를 따라 서원에 들어섰다. 친척 아지매와 언니들이 아궁이에 불을 지피고 있었다. 아버지는 어른들과 함께 방으로 들어가시고 나 혼자 남았다. 칠이 벗겨진 마루며, 얼룩덜룩한 벽지를 보자 몸이 오그라들었다. 아버지께서 자랑하시던 곳이라 깨끗하고 단아하리라 생각했다. 하지만 우리 집보다 더 옹색하고 빛바래 보였다. 가뜩이나 낯가림 심한 나는 어떻게 할지 몰라 구석에서 떨고 있었다. 가끔 보았던 육촌 언니가 아니었으면 울었을지도 모를 일이었다. 그 후 서원이라는 말만 들어도 고개를 흔들었다.

아버지는 평생을 시조始祖를 모신 서원 중수에 힘쓰셨다. 푼푼하지 못한 살림이라 많이 보탤 수 없는 것을 안타까워하셨다. 무엇 때문에 그리 애달파 하시는가 물으면, 뿌리를 보존하는 것보다 더 큰 일이 어디 있느냐 하셨다. 시대가 변했는데 서원만 번듯하면 무슨 의미가 있느냐고 하면, 형식이지만 그거라도 있어야 옛것을 조금이라도 지키지 않겠느냐 하셨다. 폐가가 되다시피 한 서원이 중건되고 아버지도 돌아가셨다. 몇 년 전 아버지의 고향을 찾았을 때, 서원 어디에고 바들바들 떨며 보았던 그때의 흔적은 남아 있지 않았다.

우리나라 서원 대부분은 대원군의 서원철폐령으로 훼손되었다고 한다. 지금의 도계서원도 1970년에 다시 지은 것이다. 원두평 저수지를 눈앞에 두고 강당이 있으며, 그 뒤에 선생을 모신 사당인 팔덕묘가 있다. 서원 옆 유물전시관은 몇 년 전에 도둑이 들었다. 외진 곳이라 유물 몇 점이 도난당하고 나머지는 안동 국학진흥원으로 옮겼다 한다. 내년쯤 서원을 재정비한다는 소문이 있지만, 두고 볼 일이다.

저수지를 돌아 몇 걸음 올라가니 선생의 묘소가 나온다. 우거진 풀숲에 가려진 조그만 봉분과 묘비가 초라하기 이를 데 없다. '인간의 어느 일이 목숨 밖에서 생겼겠느냐' 며 있는 듯 없는 듯 누워계시는 분. 밝은 달과 맑은 바람을 벗 삼아 낚싯대라도 드리우실까.

충북 진천에 있는 송강 정철 사당과 유물관을 둘러본 적이 있다. 비록 몇 번의 유배를 당했지만, 유복한 가정에서 태어나 우의정까지 지낸 분답게 번쩍거렸다. 잘 닦여진 길에 놀라고 넓은 사당과 전시관에 입이 벌어졌다. 해남에 있는 고산 윤선도 유물관도 마찬가지다. 도계서원과는 비교도 할 수 없을 만큼 으리으리하다.

무시로 튀어나오는 욕심을 다스리러 온 길이다. 그러한데도 나는 왜 번듯한 진입로와 유물관이 탐나는 걸까. 선생은 '평생 한 뜻이 온포溫飽에는 없노라.' 하지 않았던가. 물질만능주의에 젖어버린 마음이 누항사를 삭이기엔 버거운 것일까.

환청인가. 텅 빈 서원을 벗어나는 등 뒤로 '남의 집 남의 거슨 전혀 부러 말렷스라.' 한다.

〈2013. 07.〉

하얀 운동화

어디로 가야 하나. 낯선 곳에서 한참 헤매다 보니 방향감각
도 없다. 아무리 둘러보아도 지하철역은 보이지 않는다.

빗소리만 요란한 길에 나 홀로 섰다. 어둠이 내려앉는가 싶
더니 금방 깜깜해졌다. 꽃샘추위 탓인지 지나가는 사람도 없
다. 봄 마중으로 수목원에 다녀오다 길을 잃었다. 자동차가
지나갈 때마다 땅속으로 스며들지 못한 빗물이 춤을 춘다. 내
마음도 빗물 따라 출렁인다.

비 오는 날이 싫었던 때가 있었다. 아니 비 갠 날 아침이 더
더욱 싫었다. 신발이 푹푹 빠지는 진창길을 생각하면 머리부
터 지끈거렸다. 집에서 신작로까지 나오려면 반드시 거쳐야
하는 길. 포장이 되지 않은 흙길이었다. 비 오는 날은 장화를

신고 나서면 되지만 비 온 다음 날이 문제였다. 햇빛이 쨍한 거리를 장화 신고 활보할 배짱도 없었던 터. 장화와 운동화를 놓고 저울질을 하느라 통근차를 놓치기도 했다.

기차 통학생한테는 검은 운동화가 제격이다. 아무리 깨끗한 것이라도 증기기관차 앞에서는 맥을 못 추고 거뭇거뭇해지기 때문이다. 그뿐만 아니다. 복잡한 차 안에서 이리저리 밟히다 보면 사흘이 멀다 하고 씻어야 한다. 하지만 매일 씻는 한이 있더라도 여중생의 상징인 검은 교복에 흰 운동화를 포기하고 싶지 않았다.

그날은 오후부터 비가 내렸다. 골목길에 들어서자 기다렸다는 듯 진흙이 달려들었다. 며칠 전에 새로 장만한 운동화가 금새 엉망이 되었다. 약이 오른 나는 신발과 양말을 벗어들었다. 누가 볼까 봐 두리번거리다 맨발로 걷기 시작했다. 진흙이 발바닥을 간질였다. 다리와 교복 치마에도 흙이 튀어 올랐다. 그게 뭐 대수인가. 운동화에 더는 흙이 묻지 않는 것만 다행으로 여겼다.

밤새 빗소리가 그치지 않더니 아침엔 볕이 따가웠다. 다시 씻어놓은 운동화는 연탄 부뚜막에 얌전히 세워져 있었다. 마르지 않은 마당에 눈길이 머물자 운동화를 신을 엄두가 나지 않았다. 마루 밑의 장화를 꺼내었다. 이번에는 눈부신 햇살에 머뭇거렸다. 마음은 다시 장화와 운동화 사이를 왔다 갔다 했다.

"늦겠다. 얼른 장화 신고 따라오너라."

운동화를 품에 안은 어머니가 대문을 나서고 계셨다. 장화를 신은 발이 날아갈 것 같았다. 고무신이 어찌 장화만 할까. 저만큼 앞서 가시던 어머니가 뒤처지고 있었다. 진흙 속에 빠져나오지 않으려는 고무신을 빼내느라 이마가 땀으로 번들거렸다. 가다 서기를 반복하는 내게 어머니가 소리쳤다.

"운동화 가지고 먼저 가거라. 장화는 큰길에 벗어놓으면 내가 가져갈 테니."

운동화를 건네준 어머니가 빨리 가라며 등을 밀었다. 같이 가다가는 기차를 놓칠지 모른다고 생각하셨을 게다. 나는 운동화를 받아들고 부리나케 뛰었다. 그러다 문득 뒤돌아보았다. 어머니의 하얀 고무신 대신에 진흙 덩이 두 개가 올라갔다 내려갔다 했다. 햇살 한 줌이 하얀 운동화를 더욱 빛나게 해주었다.

아이들이 학교에 다니자 실내화를 씻는 게 큰일이었다. 몇번을 헹궈도 비눗물 자국이 없어지지 않아 애를 먹었다. 시커먼 석탄가루도 진흙도 붙어있지 않았건만 왜 그렇게 힘이 들던지. 실내화를 씻을 때마다 가슴 한 귀퉁이에 싸한 바람이 일었다. 막내가 고등학교에 들어갔을 때였던가. 몇 달 동안 그냥 신고 다니는 운동화가 영 찜찜했다. 어느 날 신발을 씻어 주겠다며 물에 담그려 하자 아들이 기겁하며 말렸다. 집에서 씻을 수 없는 것이라며 운동화 전문 세탁소에 갖다 주라 했다. 그날 내내 장화를 들고 되돌아가시던 어머니의 굽은 등이 어룽거렸다.

　비가 그쳤나, 우산 위가 조용하다. 어디를 얼마나 걸었을까. 물웅덩이에 비친 그림자 하나. 하얀 운동화를 손에 든 어머니 같다. 놀라 돌아보니 지하철역 간판이 빗물을 머금고 장승처럼 서 있다.

〈2008. 03.〉

선물

　손끝에 따끈한 열기가 전해진다. 놀란 잎들이 가쁜 숨을 토해낸다. 코끝에 스미는 아릿한 향. 취할 것 같다. 수많은 연꽃이 어른거린다.

　어젯밤 연꽃단지에 갔다. 푸른 잎 사이로 봉긋하게 솟아오른 연분홍 꽃이 고혹적이었다. 열이레 둥근 달도 불콰한 얼굴로 연밭에 빠져있었다. 얼마쯤 걸었을까. 나도 모르게 슬몃슬몃 연잎을 따고 있었다. 누가 보면 어쩌려고 그러느냐는 남편의 걱정도 안중에 없었다. 깨끗한 걸 따려고 애쓰다 발이 미끄러졌다. 하마터면 연밭에 고꾸라질 뻔했다. 무엇에 쓰려고 이러나. 그제야 정신이 들었다. 나도 연향에 빠져버렸나. 아니 어쩌면 그 친구 흉내를 내고 싶었는지도 모를 일이었다.

이태 전이었다. 전원주택으로 이사한 친구가 자기 집에서 모임을 주선했다. 산기슭 아늑한 마을에는 봄이 한창이었다. 차려놓은 밥상에도 봄나물 천지였다. 우리는 며칠 굶은 사람처럼 정신없이 배를 채웠다. 수다 삼매경에 빠져들자 친구가 차를 내어왔다. 작년 가을에 처음 해 본 국화차라 했다. 첫 서리가 내리고 열흘 안에 딴 꽃이라야 한단다. 온 산을 헤집고 다니느라 여기저기 긁히고 멍투성이가 되었다고 했다. 조금밖에 만들지 못했으니 맛이나 보라 했다.

한마디로 뿅 가버렸다. 그윽한 향과 쌉싸래한 맛도 그만이지만, 다기 속에서 활짝 웃고 있는 꽃이라니. 뜨거운 물 속에서 어쩌면 그리도 태연하게 앉아 있는지. 나는 죽었다 깨어나도 모를 일이었다. 아홉 번 삶고 말렸음에도 또다시 피어나는 저 힘은. 작고 여린 몸으로 비바람에 맞서다 얻은 자생력이라 해도 얼마나 대단한가. 앙증맞은 모습에 눈을 떼지 못했다.

그해 늦가을, 친구한테서 전화가 왔다. 지하철역에서 잠깐 보자는 말만 하고 끊었다. 십수 년 동안 모임을 함께 하면서도 특별히 도타운 사이는 아니었다. 만나면 반갑고 헤어지면 또 그뿐인 친구가 무슨 일일까. 궁금증을 안고 지하철로 향했다. 그녀는 예쁘게 포장한 조그만 병을 내놓았다. 얼마 전에 만든 국화차라 했다. 자기가 만든 차에 환호하던 내게 꼭 주고 싶었노라 했다. 나를 생각하며 만드는 내내 즐거웠다고 덧

붙였다.

가슴이 먹먹했다. 생각하지도 못한 일이었다. 이럴 줄 알았으면 나도 무엇이든 가지고 나올 걸. 미안하고 고마워 밥이라도 한 끼 하자고 했다. 친구는 바쁜 일이 있다며 손사래를 쳤다. 구중구포로 가을을 다 보내버렸다는 그녀의 입가에 행복한 웃음이 번지고 있었다. 누군가를 그리며 하는 일은 힘들어도 고생이라 생각되지 않는 법이다. 친구는 신 나게 국화차를 만들었을 것이리라. 총총히 사라지는 그녀 등 뒤로 나눔의 기쁨이 따라가고 있었다.

연잎을 덖는다. 오그라든 잎에서 마지막 숨결인 듯 뽀얀 김이 올라온다. 불을 끄고 깔아놓은 천에다 쏟아 붓는다. 차를 비비는 데는 멍석이 제격이라지만, 집에 있는 대 발 위에 광목을 깔았다. 면장갑을 끼고 문지르며 비빈다. 퍼런 물이 스며든 흰 천을 보자 내가 멍이라도 든 듯 뜨끔해진다. 자연 속에 그냥 두지 못한 자책인지도 모르겠다. 얼른 솥에다 넣고 다시 불을 켠다. 네 번 다섯 번, 횟수를 거듭할수록 푸른 잎맥이 퇴색되고 물기가 잦아든다. 다 되었다는 신호인가. 바짝 마른 잎에서 어느 순간 숭늉 냄새가 올라온다. 본래의 향은 어디다 두고 구수한 냄새를 풍기는지. 향도 단련되면 이렇듯 숙성된 맛을 내는 모양이다.

아홉 번을 덖고 식히다 보니 하루해를 다 써버렸다. 점심도 먹는 둥 마는 둥 했다. 누군가를 염두에 두고 만든 것은 아니다. 내가 먹겠다고 한 것은 더더욱 아니다. 이 연잎 차가 어떤 이를 반하게 해줄 수 있을지도 알 수 없는 노릇이다. 아침부터 매달리느라 다른 일이 산더미처럼 밀렸다. 연기와 땀으로 몸도 칙칙하다. 하지만 나는 콧노래를 부르며 마무리에 열중이다.

누구를 주겠다는 설렘 때문인가. 아니면 연잎이 선물한 성취의 기쁨인가.

〈2009. 09.〉

아버지가 그리운 날

선배의 목소리가 장맛비처럼 습하다. 농담 한마디로 동호회 회원 네댓 명을 잃게 되었단다. 어젯밤 뜬눈으로 지새웠다니, 회장으로서 충격이 컸던 모양이다. 장난삼아 한 말이 자신의 뒤통수를 친 꼴이다. 악의 없이 한 농담이라도 듣는 이에 따라 달라질 수 있음이다.

사람이 어찌 진담만 하고 살 수 있으랴. 재치있는 농담이나 유머야말로 팍팍한 세상살이에 없어서는 안 될 양념이 아니겠는가. 인간은 다른 동물과 달리 유희를 즐기는 특징이 있다고 한다. 나도 에둘러 말하기 좋아하시는 아버지 덕에 한때의 우울을 날려 보낸 적이 있다.

학교장 추천으로 들어간 첫 직장을 두 달 만에 그만두었다. 명분이야 대학을 가기 위한 것이었지만 실은 사회생활에 적

응하지 못해서였다. 몇 달을 동생들 뒷바라지로 어영부영하다 시골로 내려왔다. 피 터지게 공부할 마음은 애초부터 없었다. 두 팔 걷어붙이고 농사에 뛰어들 생각도 아니었다. 부모님 곁에 오면 모든 게 해결될 것 같은 막연한 기대치가 고향으로 발걸음을 하게 만들었는지 모른다. 하지만 그건 착각이었다. 고등학교만 졸업하면 돈벌이는 떼 놓은 당상으로 알고 계셨던 부모님 눈에 내가 고울 리 만무했다. 집이 더는 안식처가 되지 못했다. 앉은 자리가 바늘방석이었고, 가뭄 든 논바닥처럼 갈라진 마음은 더욱 심란했다.

지금이나 그때나 농촌은 일 천지다. 태생적으로 농사일을 싫어했던 나는 피난처를 찾기에 골몰했다. 강 건너 과수원에 나와 비슷한 처지의 친구가 있었다. 쑥이 지천으로 너풀거릴 때였다. 바구니를 챙겨 들고 집을 나섰다. 아무도 쑥 뜨러 간다는 나를 말리지 않았다. 산속 뻐꾹새가 노래를 불렀다. 우리는 하모니카로 화답했다. 해거름에야 부랴부랴 쑥을 뜯어 집으로 왔다. 그러기를 며칠, 어머니의 불호령이 떨어졌다. 만날 반도 차지 않는 쑥 바구니를 들고 갔으니 종일 논 게 훤히 들여다보였으리라. 공부고 쑥이고 다 그만두라며 눈물이 쑥 빠질 정도로 꾸짖으셨다.

"야야, 내일부터는 작은 바구니 들고 다녀라. 바구니가 너무 크니까 종일 뜯은 쑥이라도 니 엄마 눈에는 적게 보이잖아."

　웃음 섞인 아버지 말씀에 아무 말도 못 하고 냅다 뒷간으로 내달렸다. 목에서 뭉클한 것이 올라오더니 온몸을 뜨겁게 달구었다. 이튿날, 서둘러 짐을 챙겨 대구로 향했다. 그리고 공부에 매달렸다.

　옛글에도 농담으로 정곡을 찌르는 문장이 많다. 연암의 글이 그 대표적 예가 아닐까 싶다. 《열하일기》에 나오는 〈호질〉을 보면 웃음이 절로 나온다. 왜 '호질'을 베끼느냐는 주인에게 연암은, 조선 사람들에게 읽게 하여 허리를 잡고 한바탕 웃게 하려 한다고 했다. 그리고는 이것을 읽으면 입안에 든 밥알이 벌처럼 날아가고 갓끈이 썩은 새끼줄처럼 끊어질 것이라고 했다. 얼마나 재미있고 통쾌한 말인가. 연암의 농담은 《열하일기》를 읽는 내내 웃음을 자아내게 하여 지루한 줄 모르게 한다.

　요즘은 농담도 천차만별이다. 그것도 시리즈로 나와 있는 걸 보면 혀를 내두를 지경이다. 그러다 보니 농담이나 유머를 모르면 바보 취급당하기 십상이다. 오죽하면 일등 신랑감으로 유머가 뛰어난 사람이 뽑히겠는가. 직설적인 말보다 슬쩍 비튼 말이 더 가슴을 치는걸 보면, 인간은 '호모루덴스'임이 틀림없는 듯하다. 그러나 '웃노라 한 말에 초상난다.'는 속담도 있다. 예나 지금이나 농담을 받아들이지 못하는 사람 또한 많은 모양이다.

　농담은 그야말로 우스갯소리다. 가볍게 흘려들어도 될 것을 곰파다 보면 엉뚱한 생각이 든다. 우리가 자주 웃지 못하는 것은 웃을 일이 없어서가 아니라 마음의 여유가 없기 때문이라한다. 때로는 가벼운 마음으로 마음껏 웃어보는 것도 생의 활력이 되지 않을까. 내 마음이 쉬면 세상도 쉬고, 내 마음이 행복하면 세상도 행복하지 않은가.

　답답한 가슴을 털어놓느라 선배의 이야기가 길어진다. 전화기를 들고 있는 내 몸도 습기가 가득하다. 가라앉은 마음을 일으켜 세울 빛나는 말 한마디 어디 없을까. 오늘 같은 날, 아버지가 사무치게 그립다.

〈2012. 07.〉

세월이 가면

치매 환자 때문에 아무것도 못 하는 친구를 보았다. 꼼짝없이 갇혀버린 그녀가 어쩌면 나일 수도 있겠다는 생각이 들었다. 앞일은 누구도 알 수 없지 않은가. 유비무환으로 간병인 교육장을 찾았다.

생의 의미가 새롭게 다가왔다. 낯선 것에의 도전은 무력감을 날려 보낼 수 있는 최상의 길이었다. 김빠진 맥주처럼 밍밍하던 삶에 생기가 돌았다. 응급처치법을 배울 때는 학창 시절로 되돌아간 듯 신이 났다. 유언장을 쓰며 지난날을 되돌아보는 시간도 가졌다. 아무것도 다져놓지 못한 것이 후회되었다. 주변을 둘러보니 소중하지 않은 이가 한 사람도 없었다. 그들에게 어떤 사람으로 기억될까 싶으니 모골이 송연했다.

노인 병동에서 환자들을 돌보는 실습이 있었다. 누워만 있는 분들은 수시로 관장을 해야 했다. 기도로 분비물을 제거하는 흡인 간호도 있었다. 처음엔 간호사 옆에서 보기도 쉽지 않았다. 좁은 욕실에서 목욕봉사를 하고 나오면 물에 빠진 생쥐 꼴이 되었다. 집으로 돌아와서는 끙끙 앓았다. 식구들 몰래 시작한 일이라 내색할 수도 없었다.

결국, 이틀 만에 두 손을 들고 말았다. 이 일을 빌미로 직업 전선에 뛰어들 생각은 꿈도 꾸지 않았다. 그렇다고 봉사 활동을 할 수 있는 깜냥도 아니었다. 나중에 시부모님을 모실 때 도움이 되지 않을까 싶어 시작한 일이었다. 한 달간의 실습을 거쳐야 자격증을 준다고 한다. 사흘도 못 버티면서 어떻게 한 달을 넘길까. 아서라, 자격증은 무슨 자격증. 괜한 고생하지 말고 이쯤해서 접자. 마음은 서서히 포기하자는 쪽으로 기울고 있었다.

그것도 잠시였다. 여남은 명의 동료가 차례로 전화했다. 왜 그러느냐, 어디가 아픈 것이냐, 젊은 사람이 그러고 있으면 우리는 어쩌느냐. 걱정 반 나무람 반으로 내일은 꼭 나와야 한다며 들볶았다. 시퍼렇게 날을 세운 이기심이 조금씩 누그러들기 시작했다. 다시 나갈까 말까. 엎치락뒤치락하다 번개처럼 스치는 생각에 사로잡혔다. 모든 것은 주고받는 것. 내가 환자들을 열심히 돌본다면 언젠가는 그것이 돌아오지 않을까.

"오늘 흘린 이 땀을 훗날, 저에게 돌려주소서. 혹여 시부모님께 올지도 모르는 병마를 물리치는 데 보태게 해 주소서."

이튿날부터 이 말을 주문처럼 외우며 병원으로 갔다.

침대에 양손이 묶인 채로 누워있는 할머니가 계셨다. 자식이 있지만, 무연고나 다름없는 환자였다. 밥 먹을 때 외에는 언제나 손을 묶어 놓았다. 어느 날, 눈을 감고 계시기에 주무시는 줄 알고 묶인 끈을 풀어놓았다. 그러자 다짜고짜 자기 가슴을 쥐어뜯었다. 깜짝 놀라 간호사한테 왜 그러느냐고 물었다. 이년 째 발걸음 않는 자식 때문에 그러신다 했다. 할머니의 몸부림은 보호자가 드나드는 휴일에 더욱 심했다. 오죽했으면 스스로 생채기를 낼까. 우리가 아무리 잘해 드려도 자식만큼이야 하겠느냐마는, 모두 그 할머니를 부모처럼 돌봐드렸다.

얼마 전 시부모님과 살림을 합쳤다. 가족들이야 좋아했지만, 친구들은 말이 많았다. 잘했다는 사람보다 걱정하는 축이 더 많았다. 두 분이 몸져누운 것도 아닌데 너무 서둔 것 같다며 나무라는 친구도 있었다. 어른들도 우선은 편하겠지만, 불편해하실 게 뻔하다며 득보다는 실이 많을 거라 했다. 나는 한마디로 잘라 말했다. 예전부터 모셔야 했는데 오히려 늦은 감이 있다고. 시간과 금전을 갉아먹는 두 집 살림이 얼마나 힘든지 아느냐고. 세상만사 마음먹기에 달렸다며 너스레를 떨었다.

둘째 아이 낳고도 그랬다. 어른들의 반대를 무릎 쓰고 시댁으로 들어가 살았다. 떨어져 살거나 말거나 큰일은 내 차지였으니, 같이 사는 게 훨씬 편할 것 같아서였다. 친구들은 물론 친정 식구들까지 만류하고 나섰다. 그래도 소신대로 밀고 나갔다. 시부모님과 함께 살면서 잃은 것보다 얻은 것이 더 많았다. 이번에도 그럴 것이라 장담했다.

성심을 다해 모시고자 했다. 그동안 못해 드린 게 죄스러웠는지도 모를 일이다. 두 분을 한꺼번에 씻겨 드리고 나면 몸살이 났다. 젊었을 때와는 판이하였다. 내 몸도 이미 삭아가는 중이었으니. 어른들 몰래 물리치료실을 다니는 날이 잦아졌다. 시부모님 모시기가 쉽지 않다는 건 예상하고 있었지만, 슬슬 짜증이 올라왔다. 나이 들면 다 어린아이가 된다지 않는가. 아이 둘을 키운다 생각하자. 스스로 다독여보지만, 시나브로 눈물을 찔끔거린다. 그저께는 나도 모르게 어른들께 언성을 높였다. 편치 않은 마음에 종일을 안절부절못했다.

모처럼 동아리에 얼굴을 내밀었다. 바쁜 모양이라는 말에 어른들과 같이 살다 보니 어쩔 수 없노라 했다.

"일찍 보험 들었네. 나중에 걱정 안 해도 되겠다."

누군가의 한 마디에 답답하던 가슴이 확 뚫렸다. 나도 벌써 어린아이가 되어버렸나. 〈2013. 10.〉

어머니 따라 하기

오래오래 행복하여라

은빛으로 치장한 대지는 아침 햇살에 보석처럼 빛나고 있었다. 천상의 선남선녀가 이보다 더 예쁠까. 하객들은 입을 모아 치하했고, 고슴도치 엄마는 너희를 바라보기에 눈이 부시었다. 그날은 천지 만물이 사랑과 기쁨으로 넘실대는 축복의 날이었다.

행복한 미래를 꿈꾸며 신혼여행을 즐기고 있는 세은아. 네가 이렇게 성장하여 어미보다 더 사랑해줄 동반자를 맞다니. 가슴 벅찬 이 기쁨, 어떻게 표현하리. 그저 평생을 오늘처럼 살았으면 하는 바람뿐이구나.

유난히 뽀얀 피부와 예쁜 얼굴로 태어난 우리 딸. 첫정이라 어른들의 사랑을 독차지했지. 초등학교 입학 때는 할아버지와 엄마가 서로 너를 데려다 주려고 아침마다 신경전을 벌이기도 했단다. 늘 엄마가 뒷전으로 밀려나기 일쑤여서 눈빛으로 사랑을 보낼 수밖에 없었지. 짝꿍이 꾸중 들어도 눈물 흘리던 네가 전교 부회장이 되었을 때는 얼마나 놀라고 기뻤는지 모른단다. 해마다 선행상을 탈 만큼 착한 네 심성 덕분이었겠지.

네가 가장 힘들어한 사춘기 때가 생각나는구나. 너의 마음 뻔히 알면서도 영천 대구 드나들며 두 집 살림하느라 다독여주지 못한 것 미안하다. 그래도 원망하지 않고 맏이의 책임을 다해주어 무엇보다 고맙다. 엄마가 너에게 너무 많은 기대와 희생을 강요한 건 아니었는지 모르겠다. 내가 바쁠 때마다 몸 사리지 않고 동생들을 돌봐 주었기에 널 그만큼 믿고 의지했던 모양이다.

어제는 너의 육아 일기를 꺼내 보았지. 첫아이의 기쁨과 설렘이 손에 잡힐 듯 느껴지더구나. 거기에는 네가 쓴 편지글도 들어있었어. 서로가 해주고 싶은 것 원하는 것을 다 이루지 못했지만, 좋은 엄마 사랑스러운 딸이 되기를 희망하며 보낸 세월이 거기 있더구나. '근면 성실하고 조상의 얼을 섬기자'는 가훈에 따라 우리 모두 열심히 살았고, 또 그렇게 살아갈 것이 틀림없기에 널 믿는다. 모든 일에 온 힘을 다한다면 시집살이도 무리 없이 잘 해나가리라 본다. 행여 힘든 일이 닥친다 해도 응원해주는 가족이 두 배로 늘었으니 무에 그리 걱정이겠나.

가르쳐주고 싶은 것도 많고, 해주고 싶은 이야기도 많았는데 이렇게 보내고 나니 아쉬움만 남는다. 여리고 착한 네 성정 때문에 맘고생은 하지 않을지, 아니면 딸 잘못 키웠다는 말 듣는 건 아닐지 이것저것 생각이 많구나. 다행히 딸처럼 사랑해주겠다는 자상한 사부인과 널 끔찍이 아껴주는 사위가 있으니 걱정은 덜 된다만.

세은아, 이제 한집안의 며느리며 하늘 같은 지아비를 받들어야 할 아내로 살아야 할 것이다. 또 지혜로운 어머니도 되어야 하니 매사에 조심 또 조심하여라. 가장 가까운 부부도 지켜야 할 예의와 도리가 있음을 명심해야 할 것이다. 시부모님을 극진히 섬기다

보면 내 아이 가정교육은 저절로 된단다. 동기간에 화목하게 지내어 너로 하여 항상 기쁨이 샘솟는 가정이었으면 한다. 모든 건 네 마음 먹기에 달려있으니 늘 초심으로 돌아가 다시 한 번 생각하고 행동하기 바란다. 사랑으로 똘똘 뭉친 소중한 인연, 고이고이 이어서 아들딸 낳고 알콩달콩 잘 살아야지.

사랑하는 나의 딸 세은아. 두 사람의 보금자리에 사랑과 행복이 넘쳐나기를 염원하는 가족이 네 곁에 있음을 잊지 마라. 그리고 건강하여라.

오늘 밤 좋은 꿈 많이 꾸고 오래오래 행복하기를 빈다.

을유년 동짓달에 어미가.

사랑하는 맏사위 보시게

내일이면 자식 하나 덤으로 생긴다는 설렘 때문일까. 쉬이 잠이 올 것 같지 않아 몇 자 적는다네. 우리 딸을 그처럼 사랑해주고 아껴주는 자네가 정말 고맙네. 낯가림도 심하고 사교성도 별로 없는 아이가 어느 날 갑자기 결혼하겠다고 했을 때, 많이 놀랐고 당황했다네. 아직 사위 볼 마음의 준비도 안 되었거니와 집안 여건도 여의치 않았거든. 막내 고모가 올봄에야 시집을 갔고, 고3 동생도 있으니 아직은 때가 아니라 생각했었지. 많이 망설였는데 자네를 보고 생각을 바꾸었지. 깍듯한 예의범절이며 반듯한 심성이 단박 눈에 들어왔다네. 무엇보다 자네의 눈빛에서 우리 세은이를 많이 사랑하고 있음을 알 수 있었지. 내색은 않았지만 자네 장인도 같은 마음이었을 걸세. 애지중지 키워놓은 딸을 빼앗긴다는 서운함이 왜 없겠는가. 자네한테 살갑게 다가가지 못하는 아버지 마음 이해하시게.

갑작스럽게 새사람을 맞이하다 보니 모든 게 서툴다네. 경제적으로도 넉넉하지 않아 자네를 흡족하게 해주지 못한 점 미안하네. 무엇이든지 다 해주고 싶은

데 마음뿐이네그려. 우리 부부가 자식 복은 있는 모양일세. 함 들어오는 날 맏사위 잘 봤다며 모두가 부러워했으니 말일세.

우리 세은이, 나이만 먹었지 세상 물정 모르는 철부지라네. 어릴 때부터 어른들한테나 고모들에게 귀여움만 받고 자라서 조그만 나무람에도 쉬이 상처받는 여린 아이라네. 꾀부릴 줄도 모르고 콩 심은 데 콩 나고 팥 심은 데 팥 나야 하는 아이라네. 그래도 심성 착하고 어리석지 않으니 믿고 다독여주면 실망하게 하지는 않을 걸세. 혹여 못난 구석 있더라도 사랑으로 보듬어주고 이해해주시게.

서로 다른 환경에서 자란 두 사람이 평생 삐걱거리지 않고 맞추어나가기 쉽지 않을 걸세. 특히 신혼 초에는 성격 파악이 잘 안 되어 더욱 그러하리라 보네. 사랑이 무엇이겠나. 서로의 부족한 부분을 채워주며 배려해주는 것이 아니겠는가. 그렇게 살다 보면 둥글둥글 서로가 닮아있게 마련이지. 자네의 크고 따뜻한 가슴이 세은이의 튼튼한 울타리가 되어줄 것이라 믿어 의심치 않겠네.

이제 무얼 더 바라겠는가. 수백 겁의 세월이 흘러도 식지 않는 사랑의 화신이 되어 자네 부부 평생토록 행복하게 사는 것 외에는. 부디 서로 믿고 사랑하여 모두가 부러워하는 보금자리를 만들기 바라네.

한 서방. 사위 사랑은 장모라 했네. 어려워 말고 친어머니처럼 무엇이든 의논해주시게. 나도 백 년 손님보다는 큰아들 하나 생긴 걸로 생각하고 싶네. 밤이 깊었네. 편히 주무시고 환하고 밝은 얼굴로 내일을 맞이하세.

지상 최고의 아름답고 황홀한 결혼식이 되기를 기도하면서.

을유년 동짓달에 장모가.

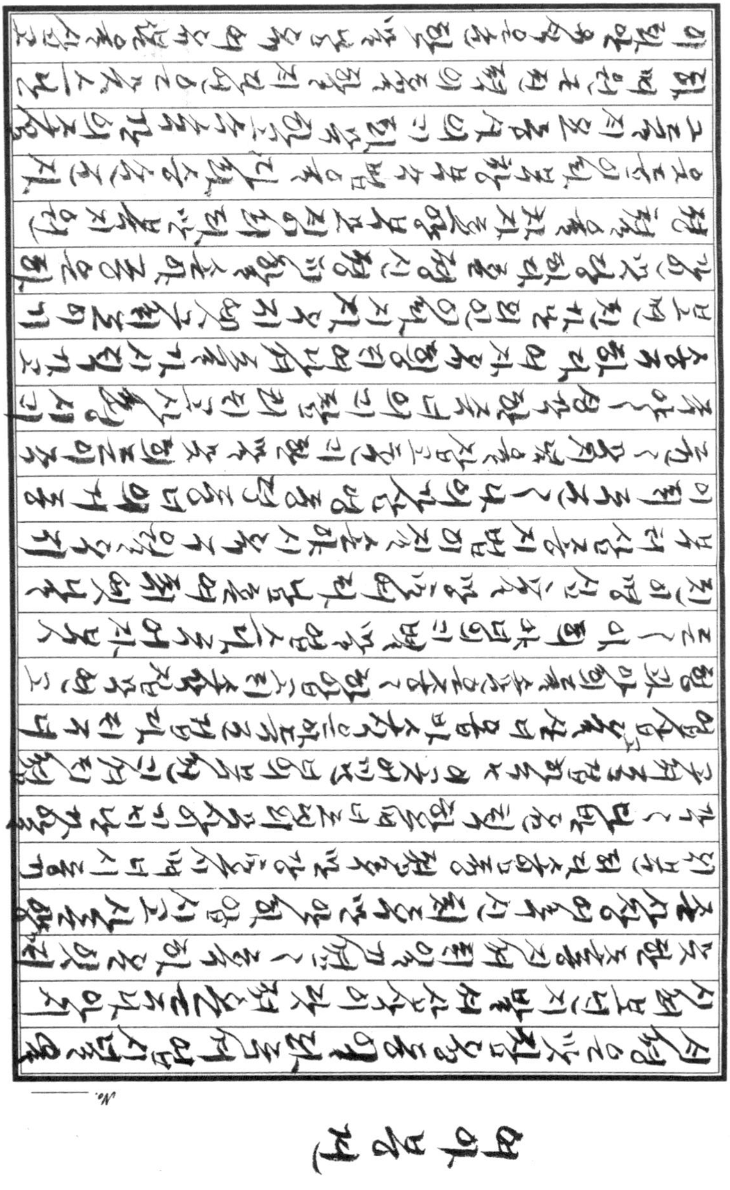

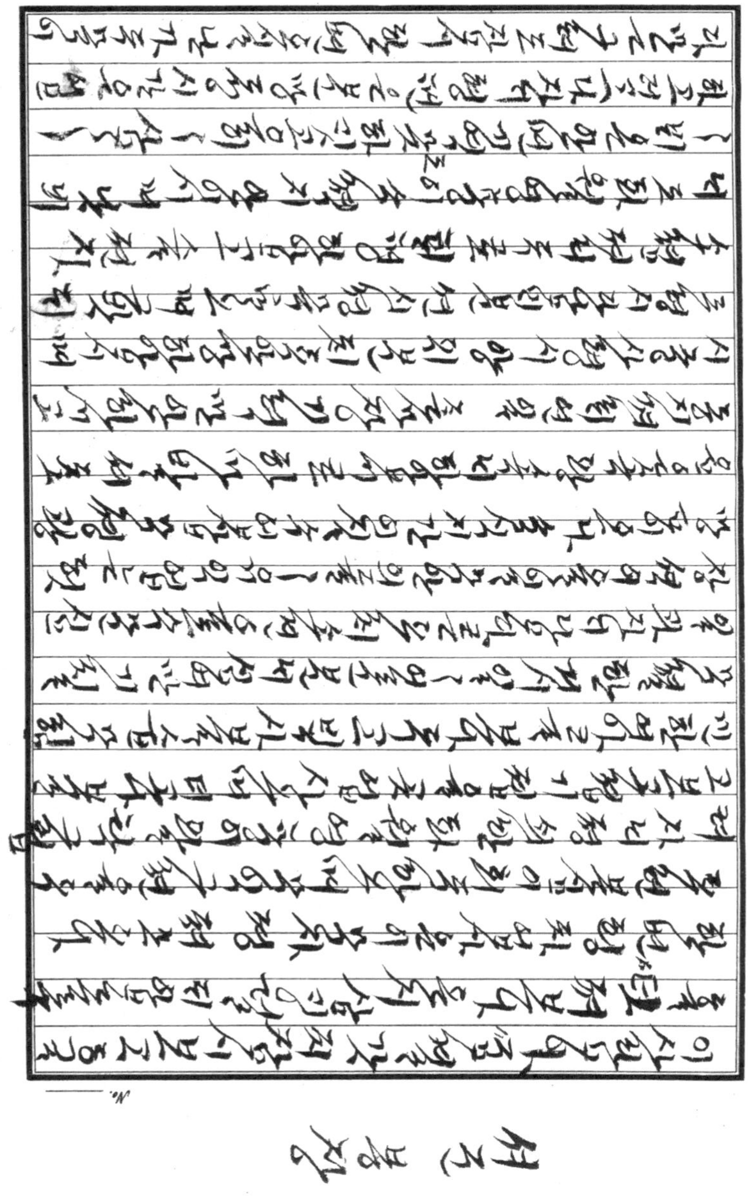

그들에게 길을 묻다

지은이 _ 류재홍

초판 발행 _ 2014년 1월 10일

펴낸곳 _ 수필미학사
펴낸이 _ 신중현

등록번호 _ 제25100-2013-000025호
등록일자 _ 2013. 9. 2.

대구광역시 달서구 문화회관11안길 22-1(장동) 출판산업단지 9B 7L
전화 _ (053) 554-3431, 3432   팩시밀리 _ (053) 554-3433
홈페이지 _ http://www.학이사.kr
이메일 _ hes3431@naver.com

저작권자 ⓒ 2014, 류재홍
이 책의 저작권은 저자에게 있습니다. 저자와 출판사의 허락없이
내용의 일부를 인용하거나 발췌하는 것을 금합니다.

ISBN _ 979-11-951489-5-0   03810

※ 수필미학사는 도서출판 학이사의 수필 전문 자매회사입니다.